浮気男初めて嫉妬を覚えました

～フェロモン探偵やっぱり受難の日々～

丸木文華

white heart

講談社X文庫

目次

『フェロモン探偵』シリーズ
★二人の出会いは……？
記憶喪失だった男を「雪也」と名付け、助手にした映。
妙なコンビで事件にあたるが、トラブルメーカーの映
が大ピンチに！　なんとか救出されたものの、雪也に
五千万円の借りができてしまい、返済のために体でご
奉仕するはめに……!?
夏《なつ》川《かわ》　映《あきら》
27歳。夏川探偵事務所所長。
普段は和服。年齢不詳の妖しい美貌。
日本画家の父、旧華族で琴の家元の
母という由緒ある家に生まれる。
美少年が好きで、自分は「タチ」だ
と公言している。

如月《きさらぎ》雪《ゆき》也《や》

33歳。夏川探偵事務所助手。
本名は白松龍一《じらまつりゅういち》。
実家は関東広域系ヤクザ白松組。
家業は継がず、自分で会社を興している。
本来はゲイではなかったが、映とは体の関係。

夏《なつ》川《かわ》拓《たく》也《や》

映の兄。
雪也とは大学時代からの友人。

白《しら》松《まつ》龍《りゅう》二《じ》

雪也の双子の弟。白松組若頭。

イラストレーション／相葉《あいば》キョウコ

浮気男初めて嫉妬を覚えました

～フェロモン探偵やっぱり受難の日々～

兄からの依頼

人生、努力じゃどうにもならないこともある。

人一倍頑張った？　汗水たらして働いた？

そんなもの、『運』というスーパーチート様の前では紙くずも同然、塵芥《ちりあくた》に等しいものだ。

まるで波にさらわれる砂の城の如《ごと》く、突然のハプニングにそれまで積み重ねてきたものたちは呆気《あっけ》なく流されてしまう。

非情も非情、運というやつはこの世において極悪非道な悪魔のような、それでいて時折天使のような慈悲も見せる、気まぐれな取扱危険物なのである。

夏川映《なつかわあきら》は、悲しいかな、運の悪さには自信があった。そもそも、自分のようなひねくれた人間が、あんな大層素晴らしい家に生まれてしまったことそのものが最大のアンラッキーだったのだ。

旧華族の血を引く琴の大きな流派の家元である母、青年時代から天才の名をほしいままにしてきた著名な日本画家の父。

映自身も琴の名手であり、若くして絵画の様々な賞を総嘗《そうな》めにした画壇の新星という才能のかたまりだ。その華やかなバックグラウンドも含め、羨望《せんぼう》の眼差《まなざ》しを一身に受ける立場でもあった。

それらすべてを捨てて家を飛び出し、現在1DKの慎《つつ》ましい事務所で怪しい探偵業などやっているのは、己《おのれ》の運命に抗《あらが》ってみたかったからだ。敷かれたレールの上から外れてみたかった。自由になりたかった――。

けれど、映の運命はどこまでも横暴に障壁という名の巨大な落石をドカドカとその道筋に落としていくのである。しかもその石は動く。どこまでも映という目標めがけてドンゴロと転がって追いかけてくるシロモノだ。

その石のうち、最も厄介《やっかい》なものの名前は夏川拓也《たくや》という。

「お前が今すぐうちに帰ると言うまで、俺はここを動かないぞ」

いかにもテコでも動かないという厳《いか》めしい顔つきをして、映の実兄、拓也はドッカリと目の前のソファに座っている。

普段穏やかで優しかったはずの兄の顔は、今では怨霊《おんりょう》かと思うほどの凄《すさ》まじい怒気をみなぎらせている。だが怨霊でも地縛霊でも生き霊でもなく、紛れもない実物であり本人だ。映が家を捨ててこっそりと営んでいる探偵事務所に、実の兄が来て居座っているという悪夢が発生している。

そう、悪夢としか言いようがなかった。いや、居場所くらいはバレているかもしれないとは思っていたのだが。何せ家族でもない国仲加代子《くになかかよこ》という母の友人がここを探り当てたくらいだし、かねてからの兄の執着を思えば、いつか乗り込んでくることくらいは予想の範疇《はんちゅう》だったはずなのだ。

しかし、タイミングが悪過ぎた。よりにもよって、雪也《ゆきや》に無理矢理キスをされている最中に、何の前触れもなくやってくるとは思っていなかった。とりあえずどうしてこんな状況になってしまったのか、映にはまったくわからない。わかるのかもしれないが、頭が真っ白で整理できていない。本当に夢ならばどれほどよかったことだろう。

（だめだ、呆《ほう》けてる場合じゃねえ）

ハッと我に返りこの場をどうにか取り繕おうと頭をフル回転させるが、空っぽの頭をいくら振り回したところで何も出てくるわけがない。隣に座っている雪也は素知らぬ顔で無言を貫いているし、唯一部外者と言える存在で空気を引《ひ》っ掻《か》き回《まわ》してくれそうな立ち位置だった雪也の弟、龍二《りゅうじ》は面倒な修羅場《しゅらば》の気配を察知したのか「そういえば仕事があった」とポンと手を叩《たた》いてさっさと出ていってしまった。

ゆえに狭い事務所には地獄のような怨念《おんねん》と怒りと混乱とが、全盛期の KONISHIKI くらいはありそうな重量で映にのしかかっている。

「い、いや……、だから、何回も言ってるけど、俺、帰んないよ」

情けなく声が震える。まだ何も解決策を見いだせないまま、顔を強張《こわば》らせつつ、それでも映は勇気を振り絞って反抗する。

向かいの拓也は微動だにしない。据わった目でじっと弟を見つめている。

めちゃくちゃ怖い。正直、本職の人に囲まれたときよりも怖い。

だがしかし、映は戦わねばならぬのだ。せっかく狭くとも一国一城の主《あるじ》になれたというのに、首根っこ摑《つか》まれて猫の子よろしく実家に連れ戻されるわけにはいかない。

「あ、あの……ていうか、アニキどうやってここ来たの？　何でわかった？」

「三池《みいけ》先生だ」

「え……、先生がアニキに教えたってこと？」

「いや、俺が別の探偵を雇って、三池先生を探らせた」

これには映も愕然《がくぜん》とした。

三池宗治《そうじ》は映の父、夏川一馬《かずま》の高校時代からの友人であり、映の探偵の師匠とも呼べる人物である。かつて警視庁に勤めていたエリートだったが、勤務中の負傷で退職し、その後探偵業を始め、夏川家も度々世話になり、家族ぐるみの付き合いをしている。

そんな三池は唯一家を出た映の居所を知る人間で、映が消えた後に夏川家が混乱しないよう、定期的に映と連絡をとって無事であることを伝える役割も担っていた。

もちろん、映の事務所や住んでいる場所は、家族には決して教えないようにと念を押していたし、以前依頼で訪れた国仲加代子にも夏川家へは一切口外しないという約束をさせた上で映の事務所を明かしていた。

だから、三池本人から直接こちらの情報が漏れることはないと思っていたが、拓也は拓也で本気である。探偵を別に雇ってまで、三池から映への線を辿《たど》り、恐らく映本人との接触の機会を待って、とうとうここを突き止めていたのだ。

（さすがにこええー……いや、アニキがこういう性格だっていうのはわかってたつもりだったけど、こんだけ根性入ってるとは思わなかった……）

拓也は少しだけ笑った。いつもの柔和《にゅうわ》な笑顔ではなく、口元だけのゾッとするような笑みなので真顔よりもホラーだ。

「探偵って結構金がかかるんだな。驚いたよ。数ヵ月分の給料が飛んだ」

「な、何でそこまでして……」

「お前を取り戻したかったからに決まっているだろう」

さも当然といった顔でかぶりを振り、拓也はため息をつく。

「俺にはなぜお前が家から出ていってしまったのか、まったくわからない。何も言わずにいなくなってしまったお前のことは、今でも家族皆が心配しているんだぞ」

「それは……悪かったと思ってるけど」

「それなら、なぜ何も言わずに行ってしまったんだ。俺なんてしばらく何も喉《のど》を通らず一ヵ月で五キロは落ちた。ゾンビみたいで怖いからと無理矢理周りにものを食わされたくらいで……俺ほどでなくても、皆落ち込んでいた」

拓也の言いたいことはわかる。申し訳ないとも思う。けれど映にも主張したいことは山ほどあった。

だが、言えない。言わずに消えたかったから、突然家を出るという方法を選んだのだ。それは映なりの優しさでもあった。輝かしく美しい夏川家の人々の心を、自分などの薄汚い問題で悩ませたくなかったのだ。

「俺、この仕事気に入ってるんだから、絶対戻らない」

結局、映にはそれしか言えない。事細かに理由を説明することなど考えられない。

弟の心も知らず、拓也は胡乱《うろん》な目で弟を眺める。

「この仕事って……探偵か」

「そ、そう……」

「龍一《りゅういち》はなぜここに？」

龍一、と口の中で呟《つぶや》いて、すぐに雪也の本名であることを思い出す。

「一応、助手やってもらってるけど……」

「ただの助手があんなことをするわけがないだろう！」

言葉尻《ことばじり》に怒りを爆発させた拓也に、映はヒイッと悲鳴を上げて隣の雪也にしがみつく。

だがそれを見た拓也はますます逆上した。顔をトマトのように真っ赤にして、「離れなさい！」と一喝する。

「まあまあ……。落ち着けよ、夏川」

ようやく歯切れの悪い声で雪也が口を出す。

遅過ぎる。もっと早くに助け舟を出してくれてもいいものを、と映は恨みがましい目で雪也を見た。さすがにこの状況では百戦錬磨の番犬も余裕の表情ではいられないようで、若干顔が引《ひ》き攣《つ》っている。

「いきなり乗り込んできて『帰るまで動かない』もないだろう。この人にだって考える時間が必要だ」

「この人……」

その呼び方が気に入らなかったのか、今度は雪也をじろりと睨《にら》みつけ、拓也は地底を這《は》う亡霊のような声で唸《うな》る。

「俺はお前を見損なったぞ、龍一……」

雪也は黙っている。映に無理矢理キスをしている場面を見られているのだから、何も言えるわけはないのだが。

（あれ……そういえば、『龍二』って……）

どうして兄が雪也の本名を知っているのだろう。確か、事務所へ乗り込んできたときにもその名を呼んでいた気がする。

『如月《きさらぎ》雪也』は、雪の日に事務所の前でぶっ倒れて一時的に記憶喪失になっていた雪也に映が授けた名前である。後に雪也本人から本名が『白松《しらまつ》龍一』と聞かされた映だったが、拓也は最初からその名を知っていた。この二人は、一体どういう関係なのだろうか。

だがそんな疑問も、次に拓也の口から飛び出した発言に吹っ飛んでしまう。

「俺がお前に頼んだのは映の監視だろう！　それが何でこんなことになっちまってるんだ!?」

「お、おい……夏川、そのことは……」

雪也が目に見えて慌てている。

とんでもない言葉を聞いた気がして、映は一瞬ぽかんとした。

「俺の……監視？」

ああ、と小さく声を上げて、雪也が顔を手の平で覆った。

徐々に実感が湧《わ》いてきて、映の胸にふつふつと怒りが込み上げ始める。

（まさか、アニキに頼まれたから、雪也は俺と一緒にいたのか？　一体いつから？　俺との生活のすべてをアニキに報告してたのか？　どこからどこまで？）

恐ろしい疑問は後から後から湧いてきて、パンクしそうな頭から湯気が出そうになる。

映は思わず顔を隠したままの雪也の肩に掴み掛かって、激しく揺さぶった。

「おい！　あ、あんた、そんなことしてたわけ⁉　きちんと説明しろよ！」

「ええとですね……」

映の興奮が伝染したように拓也も雄叫《おたけ》びを上げる。

「俺はお前が心配だったんだよ映！　お前の居場所がわかってから、もうずっと人知れずお前を見守ってきたんだ！　その役割を龍一に託したはいいが、こんなことになっていたとはな！」

「いやいや、ていうか、監視ってどういうことだよ雪也⁉　まさか、俺の日常をずっとアニキに報告してたの？　アンナことやソンナことまで⁉」

「ああ龍一、お前が女にモテるのは知っていたが、まさかいくら天使のように愛らしく美しく、この世のものとは思えないほどに可憐《かれん》だからって、映にまで手をだしていたなんて！　俺の目が節穴《ふしあな》だったんだ！　いや、節穴どころじゃない、洞穴《ほらあな》だ！　クレーター並みの大馬鹿《おおばか》野郎だ‼」

阿鼻叫喚《あびきょうかん》の男三人の修羅場だった。もはや誰も互いの言葉を聞いていない。ひたすら怒りと懊悩《おうのう》をぶちまけている。

横から向かいから一斉に捲《まく》し立《た》てられて、雪也は耳を塞《ふさ》いで上を向いた。

「あああ！　もういい、わかった！」

「『何がわかったんだ！』」

夏川兄弟の声がハモる。

「もう観念した。面倒だからいっそのこと全部バラすぞ、夏川」

ハッとした顔で拓也が固まる。

しかし抗議の声を上げる前に、うんざりした顔の雪也が映に向き直りペラペラと説明を始める。

「実はね、映さん。そもそも俺が最初にあなたの事務所の前にいたのだって、あそこを買い上げてあなたに仕事をさせないようにしてくれと、あなたのお兄さんに頼まれていたからなんですよ」

「は……はあ？」

「場所の下見をしていたところを、ちょっとしたアクシデントであああいう状態になってしまったわけですが……そもそも、あなたのお兄さんに頼まれなければ、俺はあなたの前に姿を見せていないわけです。まあなんやかんやでお近づきになれたので、これ幸いとあなたの監視を頼まれたのはさっきも言った通りです」

次々に明らかになるトンデモナイ事実に、開いた口が塞がらない。

拓也は先ほどの勢いはどこへやら、背を丸めてショボンと俯《うつむ》き、目は泳ぎまくっている。

その姿を見て雪也の言葉が真実だと確信した映は、あまりに外道《げどう》な兄の行動に憤《いきどお》って猛然と立ち上がった。

「ふざけんなよアニキ、何だよそれ⁉」

「だって……お前が全然帰ってこないから……」

「だからって地上げ屋みたいな真似《まね》してんじゃねーよ！　いくらコイツの実家が本職だからって！」

「映さん……俺の実家を持ち出すのはやめて下さい」

するとと今度は拓也もすっくと立ち上がり、居直ったように胸を反らして真《ま》っ直《す》ぐに映を睨《ね》めつける。

「そもそも！　俺はお前が家を出ていくということに何も納得していないんだ！」

「成人した男が家を出るのにアニキの許可がいるのかよ⁉」

「いるに決まってるだろう！　お前のような天使が外にホイホイ出ていったら、たちまち不埒《ふらち》な輩《やから》に破廉恥《はれんち》な心を起こさせてしまうに決まってる！」

拓也のブラコンフィルタのかかったその台詞《せりふ》は、皮肉にも真実を言い当てていた。

トラブル体質という意味で。

「だ、大丈夫だって。んなことねえよ」

めちゃくちゃ図星だったので反論の声も弱くなる。

「あるだろう！　現に女好きが服を着て歩いているような龍一だってお前にキスなんかしてたじゃないか！」

「その形容詞には異論があるな……」

「何言ってんだ、大学でいつも見る度に違う女を連れて歩いていたじゃないか」

「あー、頼むからそういうことはここで言わないでくれ、夏川」

（ふーん、やっぱりそうなんだ）

ずっと散々悪さをしてきて、心機一転、真面目《まじめ》に勉強して大学に入ったと言っていたが、結局そこでも女癖の方に変化はなかったらしい。雪也と最初に会ったときに、その一見上品に整った顔の中に爛《ただ》れた女性関係を見て取った映の観察眼は正しかった。それが男である映と肉体関係を持つ羽目になってしまうとは、人生とはつくづくわからない。

（ん？　っていうか、大学で……？）

なぜ、拓也は大学時代の雪也のことを知っているのか。

兄と雪也の慣れたやり取りを眺めて、ふと、映は疑問に思った。正確には、最初の方に感じていた疑問をここに来てようやく思い出した。

「あのさあ……今更だけど、アニキとあんた、一体どういう関係なわけ？」

二人は顔を見合わせ、同時に映に視線を戻す。そういえば言ってなかったか、とでも言いたげな顔つきだ。

「どういう関係、というか……まあ、大学時代の友人です」

「えっ……あんた、アニキと同じ大学だったの？」

「そうだぞ、映。龍一は俺の同期だ。優秀な奴《やつ》でな、在学中から投資で儲《もう》けて、今の会社の資金にしてたんだ」

（アニキと同じって……相当頭イイじゃねえか）

ヤクザの息子のくせに、随分と真面目に勉強したらしい。

――自由になりたかったんですよ。自分の力で生きたかったんです。

以前、雪也の言っていたことを思い出す。あのときは詳しく聞けなかったけれど、やはり変わろうと思ったきっかけが、どこかに確実に存在したのだ。

雪也の実家は白松組という関東広域系のヤクザである。高校までは双子の弟の龍二と暴れ回っていたようだが、どういった事情があったのか、一転、真面目に勉強を始めて大学へ進学したらしい。

そして、自分で興《おこ》した会社が大当たりし、今では寝ていても毎年株の配当だけで数千万入ってくるご身分だ。映との数奇な巡り合わせにより、今ではこうして探偵の助手としても働き、同時にその探偵を汐留《しおどめ》の億ションに軟禁しているわけだが。

「はあ……俺はなんだか疲れたよ。こんなに頭に血が上ったのは、人生で初めてだ」

拓也はぐったりしてソファにどすんと座り直す。嵐《あらし》のような狂乱がようやく収まったようで一時休戦の様子である。

　映も疲れ果てて腰を下ろした。雪也はやれやれといった顔で頭を振っている。

「と、とにかく……俺は俺の生きたいように生きる。アニキの言いなりにはならないよ」

「映……俺はお前のためを思って」

「だから！　俺はもう子どもじゃない。自分で考えて自分で行動したいんだ。もういい加減にしてくれよ」

　すると、意外にも拓也は「わかった」とアッサリ頷《うなず》いた。

　映も雪也も驚いて目を丸くする。てっきりどこまでもスッポンのように食いついてくると思っていたからだ。

「だが、条件がある。映。お前がどうしてもこの仕事を続けたいと言うのなら、お前の実力を見せてもらおう」

「じ、実力……？」

「今思い出したんだ。そういえば最近、親戚《しんせき》の中に、探偵にふさわしい問題があった、ってことをね」

　映と雪也は顔を見合わせる。拓也の提示するその問題を解決すれば、この仕事を認めるということだろうか。

「ただし、解決できなければ、すぐにでも家に戻ってもらうぞ。あそこがお前の本来の居場所なんだからな」

「いやいや、それを決めるのはアニキじゃねえから」

「それなら証明してみせなさい。お前の名探偵ぶりをね……それだけ言うのだから、どれほどの働きができるのか、楽しみにしているよ」

何だかおかしな展開になってきた。なぜ突然乗り込んできた兄に妙な依頼、もとい命令を受けなければならないのだろうか。

(絶対にロクなことにならねえ気がするぞ……)

映は確実に面倒なことになりそうな予感に怯《おび》えつつ、それでもこの状況を切り抜けるには、兄の言うことに従うしかないと知っていた。雪也がいるから無理矢理引きずって帰るのを諦《あきら》めただけかもしれないが、こうした提案をするだけでも、拓也にしてみればかなりの譲歩だろう。

(ほんっと、俺って運が悪《わり》ぃなあ……)

最も呪《のろ》いたいのは他でもない、自分自身のトラブル体質である。ようやく自由を謳歌《おうか》できる身分になれたと思ったら、こんな落とし穴にハマってしまうとは。

もうここは腹をくくって、拓也の用意した舞台で戦うしかないと、映は潔《いさぎよ》く諦めたのだった。

＊＊＊

とんだハプニングから二週間後、映と雪也は鎌倉《かまくら》にいた。

拓也から出された依頼を解決するためである。しかし依頼といっても、詳しい事情は何も聞いていない。ただ先方の住所と名前しか教えてもらえず、「探偵なんだから後は自分で行って自分で調べなさい」ということだ。

「いくら探偵っつったってさ、さすがに依頼内容聞いてから現地に行くよなあ」

昼過ぎにＪＲ鎌倉駅に到着し、駅前から乗り込んだバスに揺られながら、映はぶつくさと不平不満をぶちまける。

「アニキも大概無茶ぶりだよな。ったく、丁度今取りかかってる依頼がないからいいもののさあ……」

「依頼なんていつもほとんどないじゃないですか」

「でも、こうやって東京離れてる間にオイシイ依頼が来てたらどうすんだよ！」

「オイシイって……依頼人が美少年、とかですかね」

「まあ、それもかなりオイシイけど」

と言いかけて、横から絶対零度の冷たい視線を感じて慌てて呑《の》み込《こ》む。

「つまりさあ、簡単で高額ってこと。こんなの、一銭にもなんねえじゃねえか」

「まあ……一応依頼人は夏川本人ということで、交通費や宿代は後で請求すれば出してくれるらしいですし、いいんじゃないですか。旅行とでも思って」

「旅行なんてもんじゃねえだろ。これ解決できなきゃ、家に戻んなきゃなんねえんだから」

映は拓也の最初の剣幕と、最後のいやに冷静になった不気味な表情を思い出してぶるりと震えた。

あの顔は本気だ。映がこの件を解決しなければ、確実に、麻酔を打ってでも連れて帰る顔だった。

「震えてますよ。寒いんですか、映さん」

「……寒くねえよ、もう七月だし。ただ、やっぱこっちはわりと涼しいな」

今日の映は白地の紗紬《しゃつむぎ》に黒の紗羽織《しゃはおり》、紺の角帯を合わせている。東京では扇子《せんす》であおぐほどだったのに、鎌倉の地に降り立った途端、妙な寒気がして扇子など帯に差してまったく使わなくなってしまった。雪也の様子や駅前の人々の出《い》で立《た》ちを見ても、さほど寒いとも思えないのに、これはもしかすると映の第六感が何かを告げているのだろうか。

「肌寒いなら、暖めてあげましょうか」

するりと慣れた手つきで腰を抱かれて、映は思わず身じろぎする。仄《ほの》かに甘いシトラスの香水が鼻先を掠《かす》め、最近夏用の香水に替えたのかと気づいた。

キスをしてこようとした顔を慌ててむぎゅっと押し返す。丁度人のいない時間帯なのか、バスの中は二人きりだからいいようなものの、どこまでも大胆な雪也に呆《あき》れてしまう。

「よせよ……。あんた、よくそんな気になれんな」

「フェロモンだだ漏れの映さんが悪いんです」

「だだ漏れって……あんたがどこでもサカろうとするから、結局あんな目にあったんじゃねーか」

拓也に突然事務所に乗り込まれ、キスを目撃されたときから、映は珍しく性的に萎縮《いしゅく》している状態だ。インポとまではいかないがそういう気が起こらない。

あんなにいつでも抱かれていないとだめな体だったのに、あの事件がよほどトラウマになっているのか、もう二週間ほどキヨラカな体でいる。兄があんなに怒っているのを初めて見たせいもあるが、やはり身内にひた隠しにしてきた自分の性癖の一端を見られてしまったというショックが大きいのだ。

雪也の方はどうだかわからないが、映の気乗りしない様子を察してか、無理に手を出してこようとはしない。相変わらず雪也の億ションで同居し、同じベッドで寝ているというのに、一緒にいてこれほど長い間（とはいえ半月程度だが）体を重ねていないなんて、出会ってから最初の行為に及んだとき以来である。

キングサイズなので密着しているわけではないものの、絶倫の雪也が隣で寝ていてよくも我慢できるなと内心感心もしている。学園潜入していたときなど、映が美少年に手を出さないよう血抜きと称して、毎晩毎晩、それも一晩に何度もしていたのにまったく精液が薄まらなかったような男である。冗談でなく、あのときは第三のタマを隠し持っているのではないかと疑ったほどだ。

「それにしても意外なのはさ……。アニキがあんたが一緒に来るのを了承したことだよな」

今日は平日なので、会社勤めの拓也は先方に話を通しただけで同行はしていない。忙しい時期のようで、実際拓也がこちらに合流できるかどうかはわからないということだ。

ただ、雪也を助手として伴うことに関して何も言わなかったのが、先日の騒動を思い起こすとあまりにも不思議だった。

「それだけ映さんのことが心配なんでしょう。俺に監視まで頼んだ大切な弟なんですから」

「心配なら、あんたが俺と一緒にいる方を心配するかと思ったんだけどなあ」

「もちろんそれもあるでしょうが、今まであなたのいくつもの危機を救ってきたことも報告済みですので、やむにやまれず、といったところなんじゃないですか?」

涼しい顔でしゃあしゃあと言ってのける雪也の横顔を、映は恨めしげに睨みつける。

(そうだよ、こいつはアニキと組んで、俺を騙《だま》してたんだ……)

兄と雪也の間にあった密約のことなどつゆ知らず、平気で同居していた日々が腹立たしい。しかし、キスを目撃したときの拓也の狂乱ぶりを見れば、雪也が映との関係までは報告していなかったことは明らかで、そうすると映の性に関する秘密のことも兄には伝わっていなかったということになる。

それに紛れもない安堵《あんど》を感じている自分は、まだあの家に未練があるのだろうか。もしそうなら、とんだお笑いぐさだ。

(何もかも捨ててきたはずなのに……まだ守りたいものがあるなんて、笑っちまうよな)

いっそのこと、あの場ですべてぶちまけてしまえばよかったのだ。拓也は雪也が一方的に手を出したと思い込んでいるのか、映に二人の関係を追及することはなかった。恐らく、弟がゲイで、男がいないとだめな体で、パトロンが何人もいたが今では雪也に取って代わられ毎晩のように突っ込まれ……などとはまったく想像すらもしていない。

もしも兄が真実を知ってしまったが最後、冗談でなくその場で突然死しそうで、おいそれと告白などできそうになかった。

「まあ、だめと言われても俺はあなたについていきますけどね」

「……アニキとの友情は大丈夫なのかよ」

「夏川はそんなことで絶交するような奴じゃないですよ……と言いたいところですが、この前のあの様子を見ると、あなたに関してはどうだかわかりませんね」

「あの人はああなんだよ。昔から」

どうしてそこまで自分にこだわるのか、映にはよくわからない。どうにも兄の目には自分とは違う何かが映っているのではないかと思うほど、神聖視されると同時に猫可愛《ねこかわい》がりされ、その溺愛《できあい》ぶりは他の家族らからも若干引かれるほどだった。

なぜ自分はこうも厄介な男にばかり執着されるのだろうか。兄然《しか》り、隣の男然り——。

「ああ、あそこじゃないですか？　あの長い塀の」

バスを降りて地図を見ながら五分ほど歩くと、目の前にそれらしきものが見えてくる。

「ここが澤乃内《さわのうち》家……か」

映の実兄、夏川拓也からの依頼は、鎌倉の旧家、澤乃内家の問題を解決することだった。

澤乃内家というのは、旧華族である映の母、麗子《れいこ》の実家の綾川《あやかわ》家の親戚筋に当たる家である。映は今までほとんど交流を持ったことはなく、麗子も夏川家に嫁いでからは実家の親戚付き合いから遠のいていたようで、その家の名を聞くのも、映にとっては初めてに近い感覚だった。

「旧家というだけあって、立派な家ですね」

雪也と共に屋敷《やしき》の前に立つと、その重厚な佇《たたず》まいに圧倒される。

屋敷を囲む塀はどこまで続くのかと思うほど長く、その奥に空の色を写したかのような母屋《おもや》の青い屋根が僅《わず》かに見え、屋敷の姿のほとんどを覆い隠すように豊かな緑が茂り、中の庭園も相当広いであろうことを予想させる。

「大正時代に建てられた洋館だそうだ。澤乃内家はここら一帯の地主で、今でも多くの山林を保有しているらしい。そのくらいはアニキに聞いた」

「へえ……さすが映さんのお身内ですね」

「俺の身内っていうかなあ……全然会ったこともねえ遠い親戚だし、ほとんど他人なんだけど」

「映さんの実家もこれくらいの大きさはあるんでしょう？」

「まさか。地価が高い場所に建ってるってだけで、旧家並みの歴史もねえし、こんなに広くもねえよ。セキュリティ上の問題かもしんねえけど、コンクリートの高い塀で囲まれてるから、外から見たら風情《ふぜい》もクソもないつまんねえ家だ」

「それを言ったら俺の実家もそうでしたよ。三メートル級の塀の内側にはドーベルマンを何匹も飼ってましたし、あちこちに赤外線センサーがありました。要塞《ようさい》みたいで味気なかったですね」

「味気ないっていう次元じゃねえだろそれ」

「あ、違った」

「宇宙人って設定でしたよね、俺」

「は?」

「いやいや、それはもういいから」

所々苔《こけ》むした情緒ある石垣の門で呼び鈴を押すと、少しして「はい」と朗らかな中年女性の声が返ってきた。こちらの名前と今日の約束の件を告げれば、お待ちしておりましたと返事があり、しばらくして重い音を立てて門が開く。

その数分後、小走りにエプロン姿の中年女性がやってきて、映たちに頭を下げた。

「どうぞ、お入り下さい」

「ああ、どうもすみません、わざわざ……」

女性は小柄ながら貫禄《かんろく》のある体つきで、柔和な笑みを浮かべている。澤乃内家の奥方が出てくるかと思っていたが、この雰囲気ではそうではないらしい。恐らく家政婦ではないかと映は見当をつける。

「ええと、探偵の方、でらっしゃいますよね」

女性は映と雪也を交互に眺め、雪也の方に問いかける。いつものことなので別にガッカリはしない。

映は実年齢の二十七に見られたためしがなかった。寸の詰まった小さな顔に垂れ目気味の大きな目、鼻と口は小さく甘えた子猫のような顔で、男物の着物を着ていなければ性別が危うくなるほどだ。

　対する雪也は甘ったるい美形で体格もよく、雰囲気も妙に落ち着いているので、年齢は映よりも六つ上のはずが、それより大分開いて見える。

　今も、百八十センチの雪也に百六十センチの童顔男が並んでいれば、せいぜいアルバイトでくっついてきた学生くらいにしか思われていないことだろう。ただ、映は着物姿なのが変に渋いので、年齢不詳に見えてどのような立場なのかもわからないかもしれない。

　雪也はサマーウールのスーツをパリッと着こなし、すべての所作にそつがないのでますます貫禄が出てしまっていて、探偵ならば普通はこちらと思うだろう。

「はい、私がそうです。所長をやっております」

　映がにこやかにそう答えると、女性はちょっと慌てた様子で「まあ、そうでしたか」と取り繕った。

「旦那様《だんな》はただいま外出中でして……奥様はいらっしゃいますので」

「お手伝いの方ですか？」

「ええ。家政婦の鈴木《すずき》ともえと申します」

「どうも、初めまして。夏川探偵事務所所長、夏川映です」

　映は頭を下げるが、隣の雪也は何を考え込んでいるのかぼうっとしている。秘《ひそ》かに肘《ひじ》で小突くと、ようやく気づいた様子で「助手の、如月雪也です」と自己紹介した。

「お話は伺っております。では、ご案内いたしますね」

ともえが微笑《ほほえ》みながら先頭に立ち敷地《しきち》内を歩いてゆく。二千坪に届きそうな広大な澤乃内家は、まず門をくぐって少し石畳の通路を進み、小高い丘の上に建つ屋敷まで歩くこと数分。ケヤキやナラなどの木々の鬱蒼《うっそう》と生い茂る緑の中に、ぽっとそこだけ大正時代からタイムスリップしてきたような白亜の洋館に辿りつく。

映はその奥にある新緑色の壁の建物に目を奪われた。遠目で見ているときには周りの緑に紛れてわからなかったが、近づいてみれば、忽然とそこに姿を現したような風情で、その趣向に驚いたのだ。

「すみません、あの建物は？　あの緑色の」

気になって、ともえに訊《たず》ねてみる。

それは年代物というわけではなく比較的新しそうだ。平屋建ての小さなもので、ただの物置というにはしっかりとした造りに見える。

映は反射的に「アトリエか？」と思ったが、澤乃内家の誰かにそういった趣味があるのかどうかはわからない。家族構成や人物のデータもこれから調べなくてはならないのだ。

「ああ……あれは、雄平《ゆうへい》さんの」

ともえは少し表情を曇らせる。映はおやと思ったが、顔には出さない。

「雄平さんというのは、澤乃内家の方ですか」

「ええ……。その、絵を……油絵を描かれていましたから」

「なるほど。それじゃ、あそこは雄平さんのアトリエなんですね」

ええ、と曖昧《あいまい》に頷いて、ともえはさっさと屋敷のドアを開け、どうぞ、と中へ入るよう促す。

やはりあの緑の建物はアトリエだった。そして、ともえはあまり雄平という人物のことを話したがらないようだ。『描いていた』と過去形で言っていたということは、今はすでに描いていないのか、それとも。

（それにしても……雪也のやつ、さっきから何かおかしいな）

先ほどからまったく言葉を発していないのはなぜなのか。いつもなら愛想を振りまき、相手が女性であれば手練《てだれ》のホストばりに一瞬で手玉に取ってしまうというのに。

映は小声で、

「なにぼうっとしてたんだよ、雪也。具合でも悪いのか？」

と訊ねるが、雪也は何やら複雑そうな顔をしている。

「いえ、その……そういえば、『澤乃内』という名前に聞き覚えがあるなと今頃気づきまして……」

「はあ？　どういうこと？　知り合いでもいんのか」

「そうでないことを祈りますが……」

よほど会いたくない相手なのか、歯切れが悪い。こんな土壇場でそんなことを言われても、まさか引き返すわけにもいかず、二人はそのままともえの後に大人しくついていく。

（雪也の知り合いって……まさかヤクザ関係じゃねえだろうなあ）

ただでさえ面倒になりそうな件を、これ以上掻き回されるのは御免被《ごめんこうむ》りたいところだ。もしも本当に知り合いなどがいるとしたら、『如月雪也』という名前は映が与えた偽名なのだから不都合が生じるだろう。先ほど自己紹介の前に間が空いたのはそういうことか、と映は思い至る。

澤乃内家の屋敷は歴史を感じる古い洋風建築だが、中へ入れば和風とアール・デコを混ぜたような独特で斬新《ざんしん》なデザインが随所に見られ、大正浪漫《ロマン》という言葉がそのまま当てはまりそうなユニークな内装だ。

「すごいですね。随所に装飾がある」

「ええ、とにかく古いお屋敷ですもので。維持するのは大変と聞いております」

よかったら簡単にご案内しましょうか、という申し出に、お願いしますと甘えることにする。ともえは館内の案内になれていると見え、スムーズに簡潔に各階を紹介してゆく。

「こちらのお屋敷は元々は後田《あとだ》伯爵という方が明治中期に建てられたそうで、最初は日本建築だったそうでございます。それが関東大震災で焼失し、その後に澤乃内家が土地ごと買い取りまして、この洋館を建てられたそうですよ」

　屋敷は三階建てで十もの客室がある。大理石の玄関は吹き抜けになっており、高い天井には大きなステンドグラスの窓と見事なシャンデリアが輝いている。一階には応接室や食堂、広間などがあり、臙脂色《えんじいろ》の絨毯《じゅうたん》の階段を上れば、二階と三階は住人たちの部屋と客室がずらりと並んでいる。

「随分たくさんの部屋がありますね。大勢のお客さんが来ても大丈夫そうだ」

「ええ、本当に。ただ、お掃除に時間がかかるんですけれどね」

　一階に戻りながら、映は古い屋敷の持つノスタルジックな雰囲気に胸をときめかせていた。旧家など黴臭《かびくさ》い印象しかなかったが、ここはなかなか趣《おもむ》き深い屋敷だ。有形文化財にもなりそうな歴史があるというのに、未《いま》だに個人の持ち物というのが不思議なほどである。

「家政婦さんというのは、ともえさんお一人なんですか」

「いいえ、もう一人おります」

　ともえはちょっと困ったような顔で笑った。

「本当はもう少し増やしていただきたいんですけれどねえ。とにかく広いお屋敷ですから、人手が足りなくて」

「そうでしょうね……」

普段なら外面《そとづら》のいい雪也は相変わらず無言である。映とともえだけが会話し、雪也は心ここにあらずといった顔つきでただ押し黙っている。

「亜梨沙《ありさ》ちゃん。お客様」

ともえが奥に向かって呼びかけると、パタパタと軽い足音が近づいてきた。もう一人の家政婦だろうか。

次の瞬間、妙なことが起きた。

その娘が現れたとき、世界は薔薇色《ばらいろ》に変化し、えも言われぬ芳香に包まれ、映の体にはビビッと電流が走ったのだ。

（え？　……おいおい、何だ、これ）

「あ、お客様って……」

亜梨沙と呼ばれた彼女は、映と雪也の顔を物珍しげな目で交互に眺める。

「奥様の言ってらした、探偵の」

「ええ、そうですよ。自己紹介して」

ともえが促すと、亜梨沙はほんの少し頬《ほお》を赤らめて、ぺこりとお辞儀をした。

「初めまして。杉本《すぎもと》亜梨沙といいます。ここの家政婦です」

歳《とし》は二十歳前後。白い肌に栗色《くりいろ》のボブ。抱き締めたら折れてしまいそうなその華奢《きゃしゃ》な体につけたエプロンは、ともえと同じ何の変哲もない白いシンプルなもののはずなのに、

まったく違うエレガントかつキュートな代物《しろもの》に見える。

絶世の美人というわけではない。端正だが大人しい目鼻立ちと、少し寂しげに見えるほどの地味な造作。著名な両親のお陰で、幼い頃から美男美女の類いは見飽きるほど周りにいた環境であり、欲望の対象になる美少年以外は女の美醜など小指の先ほども気にしていなかった映である。

それなのに、目の前の女性を見て、どういうわけか映の胸の動悸《どうき》は激しくなっている。

(何で俺、こんなドキドキしちゃってんの？　甘酸っぱい気持ちになっちゃってんの？)

「……映さん？」

雪也の怪訝《けげん》そうな声に、ハッと我に返る。

「あ、えーっと……私は、東京から参りました、夏川探偵事務所の、夏川映と申します」

「助手の、如月雪也です」

「わあ。探偵さん……なんですね」

亜梨沙はくすぐったそうな笑みを浮かべる。その愛らしい微笑みに、またもや映の胸が大きく高鳴った。

「すごい。初めて会いました。テレビドラマみたい」

「こら、亜梨沙ちゃん。お客様に馴《な》れ馴《な》れしい口をきいちゃだめですよ」

「あ、すみません」

ともえに叱《しか》られて、亜梨沙は肩を竦《すく》める。そんなちょっとした仕草にさえ、妙に心をくすぐられる。そしてくすぐられている自分に愕然とする。

（一体どうしちまったんだ、俺……）

ともえは映の動揺には気づかず、亜梨沙にお茶の用意を言いつけて、奥の応接室へ二人を案内する。

「あの子は勤めてまだ三年目ですから、失礼があるかもしれませんけれど、どうぞご容赦下さいね。住み込みの家政婦の仕事はここが初めてらしくって」

「いえ、そんな、失礼だなんて」

興奮に声が上ずっていることに気づき、映は慌てて咳払《せきばら》いをする。雪也はそんな映を隣からじっと不審な目で見つめている。映の頭では警戒サイレンが鳴り響き、キヲツケローと崖《がけ》っぷち危機管理センターが叫んでいる。

（やべえぞ。雪也には絶対に悟られないようにしねえと……）

雪也はとにかく嫉妬《しっと》深《ぶか》い。この前の学園の件のときも、映がクラスメイトの美少年にデレデレしているのを見られて、校内の屋上で無理矢理犯されたほどなのだ。映の守備範囲が女にまで広がったかもしれないと知れば、冗談でなく監禁されるかもしれなかった。

「奥様はお優しい気さくな方ですから、このお屋敷のことや、ご家族のことは奥様からお聞きしたらよろしいかと思います」

「今、旦那さんは出かけていらっしゃるのでしたっけ」

「ええ……もう少しでお戻りになると思いますが」

応接室に通され、奥様を呼んで参ります、と言ってともえは出ていった。

この部屋も広く立派なものである。アイボリーの壁に丸い窓があり、そこには黒い格子の障子がはまっている。見事なカサブランカが飾られたテーブルも重厚な黒檀《こくたん》でできており、磨き上げられたそこには指紋をつけるのも躊躇《ためら》われるほどだ。

そしてガラス張りの棚には所狭しと人形が飾られている。二十体以上はあるだろうか。

これだけの数の人形があると普通は不気味に思うところだが、ぽっちゃりした子どもの人形が多いためか、可愛《かわい》らしい印象だ。

見たところ頭や手は日本人形のように見えるが、胴体の着物の部分にあちこち継ぎ目のような箇所があり変わっている。木型に布を当ててはめ込むような仕様なのだろうか。

「映さん」

ソファに並んで腰を下ろしてすぐに、雪也は低い声で呼びかけてくる。映はどきりとして、思わずごくりと唾《つば》を飲んだ。

「あの杉本亜梨沙とかいう子、見覚えでもあるんですか」

「い、いや……全然。初対面だけど」

「それにしては、妙に動揺していたというか……誰かに似ているとか？」

「いや、違うって。何でもねえよ」

そうですか、と雪也はますます訝《いぶか》しげな目つきになり、映を観察している。

（さすがに、女だもんな……。まさか、一目惚《ひとめぼ》れみてえな気持ちになってるだなんて、こいつは今のところ気づいてない。でも、本当にどうしちまったんだ、俺……。ゲイって、治るもんなのか？　風邪じゃあるまいし……）

さすがの映も混乱している。亜梨沙は細身で胸も尻《しり》も控えめな体型のため女の妖艶《ようえん》さからは遠いが、いかにも清楚《せいそ》で可憐といった少女めいた魅力があり、その小さな声も、恥ずかしそうな笑顔も、すべてが映には愛らしく映った。

おかしいのは、彼女が『女』であるということだ。これまで女性に対して好感は抱いても、こんなにはっきりとときめいたことなどなかった。

これ以上この話題を続けているとさすがに勘づかれてしまう。映はさり気なく雪也に違う話を振った。

「それよりもさ、お前、なんか澤乃内って名前、引っかかってたみてえだけど、何か思い出した？」

「いえ……思い出すも何も……恐らく、悪い予感が当たってしまっている気がします」

「え、じゃあ、雪也の知り合いがいるってこと……？」

はい、と雪也は頷く。

「確かなのかよ。はっきり思い出したのか」

「というか……こういう家に住んでいると、聞いたような気がしましたもので」

「こういう家って……この、いかにも大正浪漫なお屋敷が？」

「はい。そこのちょっと変わった窓とか、さっきの緑のアトリエとか……話が合致します。それに彼女はよく周りのものだとか人だとかを自分の作品に出すんですよ。ミステリー作家なので俺に似た男がよく作中で殺されたりしています」

「えっ、作家なの⁉　ていうかそれじゃ、お前、雪也って名前だとヤバいんじゃ」

そのとき、ドアが開いて女性が一人、入ってきた。映と雪也は慌てて立ち上がる。

「ああ、どうぞ、お座りになって」

女性は鷹揚《おうよう》に微笑んで席を勧め、自《みず》らも二人の向かい側に腰を下ろす。

「はるばる東京から、ようこそお越し下さいました」

「いえ、こちらこそ……」

映は女性の前へ名刺を差し出した。

「私は、夏川探偵事務所所長、夏川映と申します」

「助手の……如月雪也です」

今更本名を名乗るのもおかしいと諦めたのか、雪也はそのまま偽名で通すことを決めたらしい。

そのときドアがノックされて、亜梨沙がお茶を運んできた。

映はハッと鼓動を速めるが、極力顔に出さないようにしつつ、頭を下げる。にっこりと微笑みを返すその様子も天使のように愛らしい。

（やっぱり可愛いなあ……）

本当にこの気持ちは何なのだろうか。わからずに歯痒《はがゆ》い気持ちを抱えながら、彼女の一挙手一投足を見つめてしまう。

すぐに応接室を出ていってしまったその背中を追いかけたい衝動に駆られたが、必死で思考を切り離し、目の前の女性に向き直る。

「私は澤乃内一美《かずみ》と申します。主人はただいま外出しておりますが、間もなく戻ると思いますので」

澤乃内一美は六十歳前後だろうか。やや面長《おもなが》で、目も鼻も口も筆でスッと線を引いたように細長く、体つきも鉛筆のように細い。ストレートの茶髪はすっきりとしたショートカットで、化粧はほとんどしているように見えず、全体的に印象の薄い女性である。

けれど旧家のこの趣深い屋敷を背景にしているためか、上品でたおやかな雰囲気だ。さすがに身につけているものも上質で、藍色《あいいろ》の麻のワンピースに白い柔らかな絹のストールを肩にかけた姿は、上流階級の奥様といった風情である。

「こちらの人形は見事ですね。コレクションなのですか？」

「ああ、これは木目込み人形といって、私が作ったものなんです」

「えっ、奥様がお作りになったんですか」

「ええ、私の少ない趣味のうちのひとつで……。寝室に飾っていたんですけれど、置き切れなくなってあちこちに飾っておりますの」

一美は恥ずかしそうにしているが、これを自分で作ったとは驚いた。恐らくキットのようなものがあって頭部や手などはあらかじめ作られたものなのだろうが、これだけの数を作るとなると、かなり凝っているのだろう。

「それにしても……あの、夏川さん」

「はい？」

「あなた、麗子さんの息子さんですわよね？　お電話でお話しして下さった、夏川拓也さんも」

母親の名を出されて、映は「はい」と頷きながらも、少し不意打ちを食らったような心地になる。親戚と知っていても、初対面の相手に親しげに身内らしい話を振られるのは慣れないものだ。そして映の場合家を捨てた身であり、そこに触れられると気まずい心地になってしまう。

「私は麗子さんとはとこなんですの。私の母と、麗子さんのお母様が、従姉妹《いとこ》同士でございましたから」

「それじゃ……ええと、ご主人が、婿養子なのですか？」

「いいえ、私が澤乃内家へ嫁ぎました。ただ、澤乃内家も綾川家の親戚筋でございますから、まあ、近いところで引き合わせたのね。あの、当時はほとんど見合い結婚でございましたから」

「なるほど」

母、麗子の実家の綾川家は旧華族であり、彼らは血統を守るため同じ華族、延《ひ》いては縁《えん》戚《せき》の者同士で結婚することがよくあった。華族制度はなくなったとはいえ、未だにその傾向は残っているのだろう。

「麗子さんとははとこ同士なので、そんなに頻繁に会うことはありませんでしたけれど、夏川さんを見て鮮やかに思い出しましたわ。あなたはお母様によく似ていらっしゃるのね」

「ええ……よく言われますよ。兄は、父親似なのですが」

このまま喋《しゃべ》っていると家の話ばかりになりそうで、映は何か思い出話をしたがっている様子の一美を半ば牽制《けんせい》するように、仕事の顔をして懐《ふところ》からメモを取り出した。

「では、早速で恐縮なのですが、澤乃内家のことを少々お訊ねしてもよろしいでしょうか」

「ええ、もちろん」

「ありがとうございます。このお屋敷には、ご主人と、奥様と……あと、雄平さんがお住まいでいらっしゃるんですか」

一美の顔色がさっと変わる。

「うちのことは、何もご存じないのね」

何か地雷を踏んだのかと、映は内心冷や汗をかく。

「申し訳ありません。兄とは、こちらへ来る前に会う時間がございませんでしたので、依頼の内容も何も聞いておらず……」

まあ、と一美は目を瞠《みは》り、それでは仕方ないわね、と口の中で呟いた。

「この屋敷に住んでいるのは、私と主人と、次男の昌平《しょうへい》、そして長女の美緒《みお》です。それに、主人の妹の芦谷奈美恵《あしやなみえ》さんと、その息子の治樹《はるき》さんですわ。そして住み込みの家政婦が二人。先ほど会いましたでしょう」

「なるほど。差し支えなければ、それぞれのご職業と、年齢をお教えいただけますか?」

「ええ……」

一美はここで少し逡巡《しゅんじゅん》したが、すぐに事務的な口調で語り始める。こちらも女性に年齢を訊ねたくはないが、調査のために情報を得なければならないので仕方がない。

「私は今年六十になります。主人の澤乃内譲治《じょうじ》は六十四。あの人は昔フランス文学を研究していて、大学でも講師として西洋近代史を教えておりました」

「今は退職されたのですか」

「いえ、その……大学で諍《いさか》いを起こしまして、もう随分前に辞めましたの。澤乃内家がもともと持っていた土地で、何とかやりくりをしているようです。私は、そういうことはすべて主人に任せております」

なるほど、と頷きながら、この旧家というバックグラウンドにフランス文学研究者、という時点で、映には当主の澤乃内譲治がどんな人物なのか想像がついたように思う。恐らくは、かなり偏屈な変わり者の可能性が高い。少なくとも、映の周りの仏文《ふつぶん》研究者は自己愛が強いというか、風変わりな人物が多かった。

「次男の昌平は三十五歳。製薬会社の研究員をしております。東京の会社ですので、しばらく独り住まいをしておりましたが、今はここから会社まで通っております」

「では、今日はお勤めですね。何時頃に出て何時頃にお戻りになりますか？」

「そうですね……出勤はフレキシブルだそうで、八時頃に出ていきます。帰りは大体、十九時、二十時頃かしら。残業は今させてはいけないそうですね。会社のことはよくわからないのですけれど」

「なるほど……では、長女の美緒さんは？」

そのとき、隣に座っている雪也が僅かに身じろいだ。もしかして、知り合いというのは長女の美緒のことなのだろうか。

「美緒は、確か三十二です。あの子は……ちょっと変わっていて、小説を書いているんですわ。今も自分の部屋で仕事をしています」

「へえ、小説を！　すごいですね」

「いいえ、そんな。私なんかだと怖くて読めないようなものをいっぱい書いていて……。そんな風にいい歳をしてずっと家にいて何か書いているものですから、母親としては行く末が心配なんです」

　このままでは結婚しないのではないかと思っているのだろう。話を聞いていると、この一美夫人はなかなか浮世離れしていて世間のこともあまり知らないようだ。世代的にも、女は結婚して子どもを産むのが責務であるという古い価値観の持ち主なのかもしれない。

　雪也の反応も含め、美緒のことはもっと聞いてみたかったが、母親の愚痴が延々と続きそうだったので、映は先を促す。

「それでは、譲治さんの妹さんと、その息子さんは」

　芦谷親子のことに話が及ぶと、一美の元々表情の薄い顔から、更に感情が抜け落ちた。

「主人の妹の芦谷奈美恵さんは、ええと、多分五十歳ですわ。主人は三人兄弟でして、弟と両親はすでに亡くなっていますので、子どもたち以外では奈美恵さんと治樹さんが唯一の肉親ですわね。奈美恵さんは十年前にご主人を亡くされて、その後治樹さんと一緒に澤乃内家に戻ってきたのです。治樹さんは二十五歳。大学卒業後に就職をしていたのですがすぐに辞めてしまって、今は何をしているのか私は存じません」

「あの、失礼ですが、お二人はなぜお戻りになったのですか」

さあ……と一美は首を傾《かし》げている。その仕草に含みのあるものを感じて、さすがに小姑《こじゅうと》とは仲がよろしくないようだと映は推察する。

「それは、実は私にもわからなくて。奈美恵さんのご主人は資産家でしたので、遺産もたくさんあるようでございますし、お金に困っているというのではないのです。立派なお家《うち》も残されていますのに、あちらは貸家としてどなたかに貸し出されて、わざわざ生家へ戻ってきて……」

「なるほど。やはり、生まれ育った家に馴染《なじ》みがあるのでしょうかね」

さあ……と一美は首を傾げてばかりいる。あとは本人たちに聞いた方がよさそうだ。

そして映にとって秘かに最も肝心な、亜梨沙のことに話を進める。

「それでは、家政婦さんのお二人は」

「はい。鈴木ともえさんは、四十……、いくつだったかしら。四十半ばと思います。もう長年澤乃内家の家政婦をしてもらっていて、家事はほとんどすべてこの方にお任せしておりますわ」

映はふんふん頷いてメモをとりながら、頭は亜梨沙の情報を今か今かと待っている。

（調査にかこつけてあの子のことを根掘り葉掘り聞くチャンスだ……あの子のことが少し

でも多く知りたい。そうしたら、俺のこの意味不明なトキメキの原因もわかるかもしれないし……）

「そして、杉本亜梨沙さんは二十歳で……」

「ママ！」

そのとき、突然ドアが開き、映はその場でコントのようにズッコケそうになった。

「探偵が来てるってさっきともえさんに聞いたの。本当？　どうしてそんな面白そうなこと黙ってたのよ！」

「美緒、静かになさい、はしたない。ほら、ちゃんと座って……」

どうやらこの女性が長女の澤乃内美緒のようだ。亜梨沙の情報を遮られて、映は憎々しさを精一杯隠しながら、美緒の外見を観察する。

母親と違って、丸顔で目が大きく、はっきりとした顔立ちで派手な美人である。恐らく父親似なのだろう。化粧はしていないだろうに、肌も白く肌理《きめ》が整っている。ずっと部屋にこもって日に当たっていないからだろうか。そのせいか、目の下のクマが顕著である。

腰まであリそうなゆるいウェーブがかかった黒髪を左側耳の下に束ね、ゆったりとした小花柄の木綿のワンピースを着ている。服の上からでもグラマラスな体をしているのがわかり、顔もスタイルもやや日本人離れしている。身長も映より大分高そうだ。

歳は三十二と聞いたが、外見は年齢不詳だ。映にも作家の友人知人は多くいるが、社会に直接接しない職業は世間擦れしないためか若く見える人間が多い。

美緒はじろじろと映の顔を見ていたが、隣の雪也に目を留めると、大きな目を更に大きくする。

「やだ……もしかして龍一？」

「……人違いでは」

「龍一ったら久しぶりじゃない！　やだあ、あんた探偵になってたの！」

顔を背けて否定する雪也の言葉を清々《すがすが》しく無視してはしゃぐ美緒。

「美緒！　いい加減にしなさい」

「だってママ、この人、あたしの大学の同級生なのよ！　それに元カレ！」

雪也は顔を真っ青にして映を見る。映はその悲愴な表情を眺めつつ、ゆっくりと頷いた。

「あー。うん。わかる」

「誤解です、映さん」

「アニキが言ってたうちの一人ってことかあ」

「映さん！」

泣きたいのか怒りたいのか、端正な顔面を歪《ゆが》めて摑み掛かってこようとする雪也をなだめつつ、映は一美の隣に座った美緒に向き直る。

「初めまして。私、夏川探偵事務所所長、夏川映と申します」

「あなたが探偵さん？　あ、じゃあもしかして龍一ってば探偵じゃなくてアシスタントって感じなの？　ダッサ！」

「どうかお願いですから、その話は後にしましょう」

雪也は懇願するように訴えるが、美緒は今度も華麗にスルーする。

「起業したって聞いてたけど、もしかして潰《つぶ》れちゃってバイト始めたわけ？　マジうけるんですけど！」

「いや、だから……勘弁して下さいよ」

「何その敬語！　一体何キャラ？　あっはは」

素面《しらふ》なのに酔っぱらいのような笑い方をする。どうやら美緒は一筋縄《ひとすじなわ》ではいかない女性のようだ。色々な意味で。そして映も内心、雪也の狼狽《ろうばい》ぶりが面白くて仕方がない。

頭を抱えて俯いてしまった雪也を、一美がオロオロと見ている。

「あのう、どうしましょう。この子、邪魔ですわよね」

「やだ、ママったら。ここはあたしのうちでもあるのに、どうして邪魔者扱いするの？」

「この方々はお仕事でいらしてるのよ。あなたがいると話が進まなそうなんだもの」

進んではいる。まったく別の方向へ。

「えー、じゃあ、その仕事の話が終わったら呼んでよ。ね、龍一。積もる話もあるし」

美緒はあっさりと母親の言うことを聞いて立ち上がり、さっさと部屋を出ていった。

まるで、嵐が通り過ぎていったようだ。さすがに雪也と付き合っていたというだけあって、タダモノではない。

「ごめんなさい、三十過ぎたのにあの子はああで……」

「いいえ、お気になさらず」

美緒のキャラクターの強烈さと雪也の反応の面白さに、亜梨沙のことを知りたいという欲が半ば吹っ飛んでしまった。まあ、彼女のことは個人的に後で聞いても構わない。とりあえず、横で真っ白になっている雪也もおいておいて、依頼の話を進めなければ。

そのとき、映ははたと気がついた。この時点で、まだ『雄平』の名前が出ていない。

（そういえば、最初にあのアトリエのことを訊ねたとき、ともえさんもあまり話したがっていなかったな……）

雄平という人物は誰なのだろうか。触れてはならないような気がするが、それが今回の依頼に深く関わっていそうだという直感もある。映は恐る恐る、その名前を口にしてみた。

「あの、では、雄平さんというのは……」

一美は静かにため息をついた。その切れ長の目元に隠しきれぬ哀切が滲《にじ》む。

「雄平は、長男です。絵を描いて暮らしていましたが……去年の夏、亡くなりました」

「亡くな、った……」

「この屋敷の側にあるアトリエで、あの子は死んでいました。毒を飲まされたらしいのです」

突然の重い事実に、映は愕然とした。

ともえが過去形で話していたので、もしかしたらとは思っていたが、こんな物騒な事態だとは想像していなかったのだ。

「そ、それは、殺人ということですか」

「ええ、まあ……犯人はまだ見つかっていないので、何もわかっていないのですけれど」

「そうだったんですね……大変申し訳ございませんでした」

雪也共々、慌てて頭を下げる。一美は首を振って、

「いいえ、いいんですのよ。ご存じなかったんだもの」

「しかし……」

「それに、今回夏川さんに調査をお願いしたいことに雄平は深く関わっているんです。だから、あの子のことをお話ししないというわけには参りませんから」

映は雪也と顔を見合わせる。もしかして、雄平を殺したという犯人を見つけて欲しい、ということなのだろうか。

けれど、それは警察の領分だ。すでに様々なことは調べ尽くされているだろうし、それ

でも犯人がわからないので藁《わら》にも縋《すが》る思いで探偵をと思ったのかもしれないが、昨今の科学捜査などでわからないことが探偵にわかる可能性は低い。これまでのような人探しやいじめ調査などとは違うのだ。

　一美はこちらの考えを察したように、

「雄平を毒殺した犯人を捜せということではないのです。もちろん、それがわかればいちばんいいのですけれど」

「そうなのですか。それでは、ご依頼の内容は……」

　肝心の本題に入ろうとすると、何やら玄関の方が騒がしくなった。おやと思っていると大きな足音が応接室へ近づいてきて、乱暴な音を立ててドアが開かれる。

「一美！　お前は何をやっているんだ」

「あなた……」

　厳めしい顔をした老人が鼻息も荒く低い嗄《しゃが》れ声で一美を責め立てる。一美は困惑した様子で、

「何って、昨夜お話ししたじゃありませんか。親戚の方で探偵業をしている方があるから、その方が……」

「あの絵のことは忘れろと言っただろう！　どうしてこんな胡散臭《うさんくさ》い探偵など呼んだんだ。すぐに帰ってもらいなさい！」

突然の剣幕に、映も雪也も呆気にとられた。恐らくこの人物が澤乃内家当主の譲治なのだろうが、どうやら彼は探偵を呼ぶことに反対だったようである。

譲治は藍の小千谷縮《おぢやちぢみ》に薄色の羽織を着て、ごま塩頭をきっちりと油で後ろへ撫《な》で付《つ》けた、カクシャクとした老人である。顔にはその激しい気性のためか、くっきりと彫刻刀で刻んだような深い皺《しわ》が縦横無尽に走っているが、肌質は精力的にてらてらと光っているのがどこかいやらしい感じを人に与えた。若い頃はかなりの美男子だったろうと想像される目鼻立ちで、やはり長女の美緒は父親に似たようだ。

(それにしても……今、『絵』と言ったか？)

一美は今回の依頼に雄平が深く関わっていると言っていた。雄平は、あの緑のアトリエで油絵を描いていたと、ともえは説明している。ということは、雄平の描いた作品が、依頼内容の中心にあるということなのだろうか。

「あなた、どうか落ち着いて。探偵といっても親戚の方だし、大丈夫ですよ。綾川の本家の娘さんのご子息なのよ」

「そういう問題ではない。あの絵のことなど調べさせたって仕方がないと言っているんだ。あんな、気味の悪い……なぜ早く捨ててしまわないんだ！」

「そんなに怒ると血圧が上がりますよ。お願いだから座って頂戴《ちょうだい》。お医者様も静かに過ごせとあれほど……」

「ええいうるさい！　とにかく、こいつらを追い出せ！」

譲治には持病があるらしい。しかしいくら妻がなだめようとしても、興奮した雄牛のように老人はいきり立っている。

目の前で倒れられても困るので、映は雪也に目配せをして立ち上がった。今日一日ですべてを終わらせなければいけないわけでもない。ときには潔く引いた方が後々の調査がやりやすくなることもある。

「あの、それでは、とりあえず私どもはお暇《いとま》いたします」

「えっ、でも……」

「宿泊先と連絡先は名刺の裏に書いておきました。また後日伺わせていただきますので」

映がすがりつくような眼差しを向ける一美に微笑みかけると、譲治は鼻で嗤《わら》った。

「もう来ていただかなくても結構ですよ。仕事が欲しいなら他へどうぞ」

「あなた！」

そのとき、開きっ放しのドアから、亜梨沙が小走りに駆け寄ってくる。

こんな修羅場中でも、映の目には亜梨沙の背後にピンクの花園が見えている。彼女の愛らしさはたとえ嵐の中でも失われないだろう……などと拓也ばりの妄想をしていると、亜梨沙は恭《うやうや》しく譲治の腕をとって、優しく語りかけた。

「旦那様、お部屋に参りましょう。お体が心配です」

「おお、亜梨沙、亜梨沙……」

　突然、老人の表情が変わる。

「お前の顔を見たら血圧も落ち着いたぞ。ああ～いつ見ても可愛いなあ、お前は……」

　これまで癇癪《かんしゃく》を起こしていた険しい顔が嘘《うそ》のように、とろりと蕩《とろ》けて、脂下《やにさ》がった笑みを亜梨沙に向けているのだ。その変わりように映はギョッとしたが、一美は慣れているのか諦めているのか、それを横から冷たく眺めている。

（何だ、ありゃ……あれじゃ、明らかに……）

　ぼうっと突っ立っていると、雪也に脇《わき》を小突かれる。我に返った映は形式的に頭を下げ、逃げるように応接室を出た。映が譲治の情報から想定した人物像は、どうやらこれ以上ないくらい当たっていたようだ。それにしても、先ほどの強烈な光景が映の胸から消え去らない。

（ジイサンと亜梨沙さんの関係、間違いなく愛人……ってやつだよな）

　譲治は六十四。亜梨沙は二十歳。恐ろしいほどの年齢差だが、譲治はそんなことを気にするタマでもなさそうだ。あの肌の潤い加減は、若い愛人のためだったのか。そんなことを想像しかけて、映は慌ててかぶりを振った。

　正直ガッカリだ。一目惚れから一時間も経《た》たないうちに癇癪持ちのジイサンに負けるという悲惨な失恋である。別に彼女とどうこうなろうと考えていたわけではない。ただときめきを覚えただけで、この気持ちが何なのかも自分でわからないのだ。そして、わからないうちに恋は破れてしまった。スピード失恋だ。

内心かなりのショックを抱えてふらふらと歩いていると、「探偵さん」と呼び止められる。

「あーあ。やっぱり、こうなっちゃったわね」

「美緒さん……」

美緒が玄関前の階段脇で二人を待っていた。何を企《たくら》んでいるのか、愉快そうにニヤニヤと笑っている。

隣の雪也があからさまに警戒オーラを出しているが、美緒はここで雪也をどうこうしようというわけではないらしい。

「こっちに来て。あたしがママの話そうとしていたことを教えてあげるから」

こうなることを、美緒はあらかじめ予想していたのだろうか。映と雪也を伴って屋敷を一度出ると、彼女は真っ直ぐにあの緑のアトリエへと向かった。

ドアにカギはかかっていない。大きく開け放つと、中から蒸れこもっていた油絵の具独特のにおいがあふれ出る。

「ここで……雄平さん、お兄さんは油絵を描いていたんですね」

「ええ、そうよ。売れない画家ってやつ」

アトリエの中は、案外綺麗《きれい》に片付いている。十帖《じゅうじょう》ほどの広さだろうか。イーゼルには何も置かれておらず、小さなテーブルと二脚の椅子《いす》があり、戸棚にはミネラルウォーターやティーバッグ、ケトルなどが置いてある。別の棚にはたくさんのキャンバスが積み重ねられ、石膏《せっこう》像や様々なモチーフが床に転がっている。奥には簡易ベッドなどもあり、このアトリエで寝起きもできそうだ。雄平はここで絵を描きながら生活していたのかもしれない。

道具入れの上に散らばっている使い差しの絵の具や空の油壺《あぶらつぼ》は、主がいなくなってから一年間、誰にも使われることなく、このアトリエに放置されている。映はふと、自分が実家に置き去りにしてきた絵の道具たちのことを思い出した。あれらも、拓也と同じように、自分たちを置いていった主を未だに待っているのだろうか。

「問題の絵がこれよ」

美緒は壁にかけられている数枚の絵のうちのひとつを指差した。

「遺作ってやつね。最後に描いた絵だから」

その絵には黒牡丹《くろぼたん》を手に微笑む華やかな雰囲気の女性が描かれている。亜麻色《あまいろ》の豊かな髪を肩の上でカールさせ、真っ赤に濡《ぬ》れた唇は今にも愛を囁《ささや》きそうに薄く開かれている。片隅には『y.sawanouchi』のサインが赤い絵の具で書かれている。

美緒は売れない画家と言っているが、映にその絵はとても魅力的に映った。特に、女性

の描かれ方がいい。緻密《ちみつ》ではない。だが、活力がある。生き生きとしているのだ。

「これは……どなたかをモデルにした絵ですか?」

「ええ、そう。エリカって雄平兄さんは呼んでたらしいわ。昌平兄さんから聞いたの」

「その方は、雄平さんの恋人だった?」

「どうかしら……私はその人を見たことがなかったから」

「モデルの女性をここに呼んで描いていたわけではなかったのか」

このアトリエに来て雪也が初めて口を開く。さっき敬語を笑われたためか気安い口調になっている。

美緒は指を頬に当てて考え込んだ。

「いいえ、雄平兄さんは一日のほとんどの時間をここで過ごしていたわ。住んでた、って言ってもいいわね」

「住んでいた?　ここで暮らしてたのか。屋敷はすぐそこなのに」

「変わり者だったのよ。人のこと言えないけど」

美緒は肩を竦める。

「だから、モデルを呼んだならここのはずよ。空想上の女性ならまだしも、エリカというモデルがいたことは事実なんだしね。ただ、あたしはあたしで部屋にこもりっきりだし、このアトリエは普段は雄平兄さんしか出入りしていなかったから、門からここへ至る途中で出くわすのでもない限り、家の誰も、誰がここを訪れていたのかはわからないはずだわ。夜になればご覧の通り、周りは木ばっかりの真っ暗闇《まくらやみ》だし、誰が歩いているかなんて見えやしないしね」

それで雄平殺しの犯人は未だに捕まっていないのだろうか。目撃者もおらず、誰もここへ近寄らないのであれば、死体を発見する時刻も遅れたことだろう。

「いい絵だな」

雪也が油絵を眺めてぽつりと呟く。さすがに目が肥えている、と映は内心感心する。

「そうでしょ？　龍一、昔から絵が好きだったもんね。あんたにそう言われて、雄平兄さんも嬉《うれ》しいと思うわ」

美緒はさすがに兄の死んだ現場でふざける気にはなれないのか、先ほどのように雪也をいじったりはしない。映も改めて絵を眺めながらどこか変わったところはないかと探ってみるが、何の変哲もない油絵に見える。

「この絵が遺作……ということでしたね」

「ええ、そうよ。最初はそこのイーゼルに立てかけられていたの。それをあたしと昌平兄さんが額縁に入れて壁に飾ったのよ。せっかくの雄平兄さんの最後の絵なのに、剝《む》き出《だ》しのままじゃじきに劣化してしまうから」

「油絵の扱いをご存じなんですね」

「昌平兄さんがね。昌平兄さんは雄平兄さんと仲が良かったから、家族の中では唯一このアトリエの出入りを許されていたの。雄平兄さんが亡くなってから実家へ戻ってきたんだけど、すごく後悔していたわ。自分がいれば、もしかしたら未然に防げたかもしれないのに、って」

次男の昌平にはまだ会っていないが、確かに一美も最初は東京で一人暮らしをしていたが今はここに戻ってきたと言っていた。それは雄平の死がきっかけだったのか。

「それで、昌平さんもこのモデルの女性……『エリカ』さんをご存じない？」

「知らないと思うわ。名前だけは聞いてたみたいだけど、見たことはないと思う。だって、昌平兄さんは東京暮らしも長かったし……週末時々帰ってきてたけど、そんなに頻繁じゃなかったしね」

「心当たりもないのか。兄に恋人がいたという話は？」

美緒は少し考えていたが、すぐに首を横に振る。

「ないわね。雄平兄さんはさっきも言ったけど売れない画家なのよ。ほとんどこのアトリエで一人暮らしをしていたようなものだったけど、ちゃんと自分の生活費くらいは稼げていたのかしら？　あたしも部屋からほとんど出ないから、この仕事についてから雄平兄さんとは自然と疎遠になっちゃったのよ。でもあんな甲斐性《かいしょう》なしの四十男に、恋人なんていなかったと思うわ」

なかなか手厳しい妹の意見である。というか、彼女は多分誰にでも厳しいのだろうが。甲斐性なしのアラサー男としてはぐうの音《ね》も出ないが、それで恋人がいるはずがないと判断するのはどうだろう？　と相手に困ったことのない映は考える。

「そうそう、この絵のタイトルは『初烏《はつがらす》』よ。キャンバスの裏に木炭でそう書いてあったから、それがタイトルだと思う」

「はつがらす……ですか」

「あたしも最初わからなかったから調べてみたの。この女が持っている牡丹の名前よ。ほとんど真っ黒でしょう？　だから烏なのね、きっと。黒牡丹の中でもいちばん黒いんじゃないかしら」

「ああ、なるほど」

「実物は黒に近い赤って感じみたいだけど。わざわざタイトルにつけるくらいだから、エリカじゃなくて牡丹が主役なのかもね」

牡丹は日本画でもよく描かれるモチーフだ。黒牡丹は珍しく、市場に出回っている数も少ない。

なぜ、あえてその黒牡丹を選んだのだろう。華やかな女性にはもっと明るい色の牡丹が合うのではなかろうか。恋人だったのなら尚更《なおさら》だ。映ならば、愛《いと》しい人には情熱的な赤い花を抱かせたいと思う。雪也なら真っ白な花なども似合いそうだ。

(初鳥……確か季語でもあったよな)

元旦《がんたん》の早朝に鳴く鳥――つまり新年の季語である。

タイトルは絵画の意図を表す重要なものだ。『初鳥』というその言葉に、雄平はどんな意味を込めたのだろう。

(これまでの話から推察すると、誰もがこの絵のモデルの『エリカ』が雄平を毒殺した犯人だと疑っているように思えるな。けれど、その女を見た者は誰もいない……)

雄平の毒殺事件の詳しい情報はその事件に携わった警察に話を聞いてみないとわからない。

それにしても、なぜこの絵を探偵に調査させたいなどと思うのだろうか。まだその肝心なことを聞いていなかったと、映は口を開く。

「それで、この絵がどうして問題に?」

「それはね。この絵の女が……エリカが、泣くのよ」

「絵の女が……泣く……?」

美緒は頷いた。その顔は笑っていない。

「そう。血の涙を流してね」

呪《のろ》われた絵画

「油絵の中の女が泣くなんて……そんなことがあり得るんでしょうか」

予約してあるホテルへ向かう道すがら、雪也《ゆきや》は首をひねっている。

「マリア像が涙を流すとか、わりとよく聞く話だよな。まあ、大概は教会内部の人間がこっそり細工をしてたりする。油絵の場合だと……塗った絵の具が湿気だの経年劣化だので変化するってことはありそうだが、美緒《みお》さんの話だとそういうわけでもなさそうだしなあ」

あの『初烏《はつがらす》』に描かれたエリカが最初に血の涙を流しているのを見つけたのは、家政婦の鈴木《すずき》ともえだという。主《あるじ》のいなくなったアトリエを掃除しようと入ってみたとき、絵に異変が起きていたらしい。しかし、なんと翌日にはその血の涙は跡形もなく消えていたというのだ。

「やっぱ、誰かが悪戯《いたずら》したっていうのが濃厚だと思うけどな。それか、探偵じゃなくて寺だか教会だかにお世話になる類いのもんだろ」

「しかし、あの家長の様子では、大事《おおごと》にしたくないというか、絵のことはまったく意に介していないようですね」

だなあ、と映《あきら》はため息をつく。あの老人のご機嫌が直らない限り、この依頼は先に進めそうにない。ホテルに入り、スカイレストランで夕食を食べて部屋に戻って一休みした後に、一応報告として拓也《たくや》に電話をかける。

『もしもし』

「アニキ？　行ってきたよ、澤乃内《さわのうち》家」

『ああ、どうだった？』

映はこれまであったことをざっくりと説明した。すると、携帯の向こうで拓也が重い息を吐く音が伝わってくる。

『やっぱり、そうか』

「やっぱり、って……追い返されることわかってたのか？」

『偏屈なジイサンっていうのは聞いてたんだ。あの絵に異変が起きたとき、家族はきっとこれは殺された雄平《ゆうへい》の無念だからと、しっかりとお祓《はら》いをしてもらおうとしたらしいんだが、あのご老公はそういった類いのことが嫌いらしくてね。猛反対をして、しまいにゃ絵を焼くと言い出したらしい』

「うわっ、こわっ！」

息子の遺作を燃やそうとする父の心がわからない。燃やせば浄化すると考えたのだろうか？　いや——あの親父《おやじ》はそんな思考は持ち合わせていないだろう。癇癪《かんしゃく》を起こして、憤《いきどお》りのままに燃やそうとしただけに違いない。

『一応油絵の専門家にも見せたらしいんだが、おかしなところはなかったそうだ』

「それで探偵、か……」

映も正直、呪いだ霊だと信じる質《たち》ではない。いわゆる霊感というものに縁がなかったせいか、そういったものに遭遇した経験もなければ気配を感じたことすらない。これだけトラブル体質でその上ユーレイなんぞまで見えてしまってはさすがに気の毒だと、神様が多少気を遣ってくれたのだろう。

『澤乃内家には俺からも連絡をとってみる。このままじゃ埒《らち》があかないからな』

「頼むよ。お許しが出るのをここでずっと待ってるわけにもいかねえし」

『とりあえず、お前は今日行ってみてどう思った。油絵のこと、少しはわかったか』

「いや、やっぱり俺は日本画のことしかわかんねえし、油絵に関しては門外漢だよ。ただ……」

何かが引っかかる。

旧家の長男の殺人、血の涙を流す呪われた絵、屋敷《やしき》内の入り乱れた人間関係——あまりにも、『でき過ぎている』ような気がするのだ。

「絵そのものよりも、その去年殺されたっていう長男の件を洗った方がいいような気もするなあ」

『ああ……そのことか。じゃあ、あの絵は呪いではなく、誰かの細工だと思うか』

「多分ね。拭《ふ》き取《と》りやすい赤いものを垂らして、後でこっそり拭《ぬぐ》うとかな。でも、もっと調べてみなきゃわかんねえし。そもそも、血の涙が流れてるところを見てみねえと、何とも言えねえ」

『少し長丁場《ながちょうば》になるかもしれないな。俺もそっちへ行ければいいんだが丁度仕事が忙しくてな……。ああそうだ、龍一《りゅういち》に代わってくれ』

ん、とテーブルを挟んで向かいに座っている雪也に携帯を渡す。

今まで比較的穏やかに話していた声とは一転して、拓也が何かを捲《まく》し立《た》てているのが僅《わず》かに聞こえてくる。雪也は頷《うなず》きながら適当に相づちを打っていたが、「また後でかけ直す」と案外あっさりと通話を切った。多分あれは最後まで話を聞いていない。

「おい……何言われてたんだ」

「ああ、まあ、お察しの通りのことだと思いますよ」

というと、十中八九、釘《くぎ》を刺されたのに違いない。弟に手を出すなとでも言われたのだろう。

「やっぱ警戒はされてんのか」

「そりゃそうでしょう。可愛《かわい》い弟のことですからね」

「……女好きが服着て歩いてる、だったっけ？」

ぴくり、と雪也の顔が引《ひ》き攣《つ》る。いつも余裕の雪也の表情が変わるのが面白くて、映はついいじってしまう。

「澤乃内美緒さん、美人だったよなあ。スタイルいいし。才気煥発《さいきかんぱつ》って感じだったし、さすが雪也の元カノだよなあ」

「あのですね……映さん」

雪也は二人の間にあったテーブルを脇《わき》へ退けて、映の方へずいと椅子《いす》を進める。

「確かに学生時代、彼女と一時期付き合ってはいましたが、お互いに真剣ではなかったんですよ。彼女の性格を見ればわかると思いますが……」

「確かに男に尽くすって感じの人じゃなかったっぽいけど」

そうですそうです、と雪也は大げさに頷く。

「夏川はああ言いましたが、俺だって相手は選んでいました。真面目《まじめ》な性格で恋愛にのめり込むような子とは絶対に付き合わなかった。これでも自分のことは把握していましたからね。俺は本気の恋愛はそれまでしたためしもなかったし、これからも可能性はないと思っていた。だから……」

「とどのつまり自分が遊び人だったから、相手も同じようなのを選んでたってこと？」

あけすけに言うと、雪也は言葉に詰まり、まあそういうことです、と渋々頷いた。

「だけどさあ、それで俺によく言えたよな。パトロン相手にそういうことすんのヤメロってさ」

「だって映さんのそれは、体を売っているようなものじゃないですか！」

「ギブアンドテイクだろ？　お互いの利害が一致してりゃいいじゃん。あんたが女と付き合うときだってそうだったんだろ？」

「違いますよ！　俺と相手は対等でした。でも映さんの場合は違うでしょう！」

「俺だって対等だよ。あんたが体売るなって言うのはさあ、つまり恋愛してる相手としかセックスすんなっていう倫理観からだろ？　だけどそこはあんただって違うじゃんか。お互い納得の上でセックスしてる。快楽が欲しいからだろ？　俺だってそうだよ。向こうは俺の体や絵が欲しい。俺はあの人たちの融資が欲しい。ほら、一体何が違うんだよ」

「……よくもまあそんな屁理屈《へりくつ》を思いつきますね」

いつもこちらが雪也に追い詰められる立場だったので、調子に乗ってズケズケと喋《しゃべ》ってしまった。しかし雪也の顔に極道《ごくどう》の片鱗《へんりん》が見え始め、映はここらが引き際かと慌ててなだめにかかる。

「誤解すんなよ、俺は別にあんたがどういう男女関係結んできたかっていうのは全然気にしてねえんだ。だから言い訳なんかしなくたっていいよ」

「俺になんか興味がないってことですか」

「過去はどうでもいいって言ってんだよ」

「それってそういうことじゃないですか！」

（め……めんどくせえ〜）

ネチネチと執拗《しつよう》にごねられて、さすがに映も疲れてくる。

（こいつってほんっとしつこいよなあ……女みてえ。女と付き合ったことないけど）

こう言えば雪也は「それは男尊女卑案件です」と言うのだろうが、このいかにも男らしい外見の雪也が、いつまでもしつこくこちらの愛を確かめようとするのが、そのギャップも相まって「女々《めめ》しい」と感じてしまう。

「じゃあ気にすれば満足か？　昔のこと根掘り葉掘り聞けばいい？」

「その面倒くさそうな態度やめて下さいよ」

「だってさ……。もー、どうすりゃいいんだよお」

お手上げのポーズをしてみせると、雪也の顔からスッと表情が消える。

あ、これ、ヤバイやつ、と映が察したところで、すでに取り返しのつかない気配がする。

「わかりました。映さんに誠意を求めるのは諦《あきら》めます。その代わり、俺の質問に答えて下さいよ」

とても嫌な予感に背筋が寒くなる。鎌倉《かまくら》に来る道中からだったが、どうにも今日は不吉な気配を感じてばかりだ。

「質問って……」

「あの杉本亜梨沙《すぎもとありさ》という女性のことです」

（来た……）

動揺という文字がデカデカと顔に書いてあったらしい。雪也は困惑をありありと浮かべた頬《ほお》を震わせ、信じられないというように首を振った。

「映さん……まさかと思っていましたが、もしかして、女性を好きになったんですか？」

「ち、ち、ち、違うわボケエ」

なぜか関西弁で否定してしまう。狼狽《ろうばい》しているのがモロバレだ。案の定、雪也は目の色を変えて詰め寄ってくる。

「じゃあ、何でそんなに動揺してるんですか⁉」

「ど、ど、動揺なんかしてねえよ！　別に、す、好きとか、そういうわけじゃ……」

「だけどあの子に会ってから映さん様子がおかしかったじゃないですか」

「そんなの、俺にだってわかんねえよ！」

追い詰められて、思わず本音《ほんね》がこぼれてしまう。

そう、映自身にだってわからないのだ。まさかこの俺が、と疑いつつ、亜梨沙が現れる度に高鳴る胸をどうしようもなかった。

「た、単純に何か胸がドキドキするんだ。でも、恋愛かどうかはわかんなくて……俺だって困ってる」

「そう、ですよね……」

急に雪也の目が生気を失う。

「映さんは元々ノーマルだったって言ってましたもんね……女性を好きになることだって、あり得るんですよね……」

打って変わってどんよりと曇った雪也の声音《こわね》に危機感を募らせるが、その耳にはすでに映の声が届いていないらしい。

「いや、だからさ、好きってわけじゃ」

「あなた、タチだって主張してますもんね……男側だって……そうすると女性を相手にしてもそういう点では問題もないですしね……」

雪也は何やら蒼白《あおじろ》い顔をしてブツブツと呟《つぶや》いている。このまま遠い世界へ行ってしまいそうで怖い。

（ヤバい。このままじゃちょん切るとか言い出しかねない。そしてやりかねない）

「あの――……雪也、クン？　それ勘違いだから。大丈夫だから」

恐る恐る俯《うつむ》いた雪也の顔を覗《のぞ》き込《こ》もうとするが、まったく反応がない。

これまで番犬よろしく映を縛り付けていた雪也なのだから、これからどんな恐ろしい行動に出たとしても不思議ではなかった。

パトロンたちと縁を切らせ、美少年に会うことも許されず、ほぼ毎晩強制的にマウンティングされる日々だった。それが拓也に色々と露見したことで何となくそんな気持ちになれず、最近は少しご無沙汰《ぶさた》だったのだ。そこへ映が女に恋をしたとなれば、この先の雪也の暴走は未知数だった。

しかし、映の想像もしなかった言葉が、ふいに雪也の口からこぼれ出る。

「俺、女相手だったら勝ち目ないかもなあ……」

「へ？」

顔を上げた雪也のその表情に、映は思わずギョッとした。

この数秒のうちに、まるで一気にジジイになってしまったように老け込んでいたからだ。

「うわっ、何だその顔⁉」

「何ですか、その顔って」

「何一瞬でそんな萎《しお》れてんだよ！　女ってだけでそんなにショックか！」

なぜ今日は俺がこんなにツッコミ担当なのだろう——俺がツッコミ担当でありたいのは別のことなのに——などと考えていると、雪也が重々しいため息をつく。

「だって、俺はどんなに頑張っても女にはなれないですもん」

「まあ……そりゃ、そうだな。化粧してみたら、ちょっとは……いや、うーん。無理だな」

「おぞましいこと想像しないで下さいよ。俺が言いたいのは……男なら、俺はいくらだって張り合おうって気になれるんですけどね。映さんが本当に女性と恋に落ちてしまったら……俺、絶望しますよ」

何もそこまで、という呆《あき》れた声が口から出かけて、雪也が真剣に落ち込んでいることに気づく。ここまで沈んだ表情は初めて見たかもしれない。

（わかんねえ……何で女だとこんな本気で凹《へこ》むんだ……？）

男相手なら、嫉妬《しっと》剝《む》き出《だ》しで「しつけのし直しです」とか言って襲いかかってくるくせに。なぜ性別が違うだけでこうも反応に差が出るのか、映にはいまいち理解できない。

「俺、映さんにとっては単なるセフレじゃないですか……男相手だったら、俺と同じなんだって思えるけど、もし女相手に映さんがときめいたとしたら、それはセフレじゃない。本気の恋愛じゃないですか」

「そ……そうなのか？　いや、よくわかんねえけど」

「わかんないって……じゃあ、亜梨沙さんにはどういう気持ちを抱いてるんですか。セックスしたいとか思わないんですか。突っ込んでアンアン言わせたいとか」

「おま、直球だな……」

けれど、そのことを考えてみるとどうなのだろう。映は亜梨沙を一目見た瞬間、素晴らしく好みの美少年を見たときと似たような感覚を覚えた。

けれど、彼女を抱きたいと思っただろうか。美少年たちに覚えるような欲望を、彼女にも感じただろうか。

「正直……マジで、わかんねえ」

深く考えてみると、映も混乱してくる。

「なんていうか、裸が見たいとか、抱きたいとか、そういう感じじゃねえのかも……なんつうか、そこまで想像できねえ」

「そうなんですか？　だって、あの子は多分、当主の譲治《じょうじ》さんの……」

「ああ、そうだよな。俺もそう思った。そうなんだけど……」

亜梨沙が譲治の愛人であることはほぼ間違いないように思う。けれど、そんな生々しい場面を目《ま》の当たりにしたにもかかわらず、映は彼女が老人に奉仕しているところなど思い浮かべることすらできないのだ。

「なんだろうな。性的なイメージとか、なんか全然ないんだよ、あの子。見ていてドキドキとかはするんだけど……欲情とかとは別っていうか」

「何ですか、その似合わないピュアな恋心は」

「う、うるせえな……だって俺、女に関しては童貞だもん。そりゃチェリーの初々しさになるって」

「なるほど。熟《う》れに熟れた体のくせに、女性に対しては思春期の少年のような気持ちになってしまうというわけですか」

「熟れに熟れたって言うな！　あんただってそろそろミドル脂臭気にした方がいい歳《とし》だろうが」

「だから香水つけてるんです。でもそういう男のにおい、あなたは好きそうですよね」

（……あれ？）

いつの間にか、映の体は座っていた椅子から傍《かたわ》らのベッドへと移動させられている。瞬間移動かと突っ込みたいほど素早い動きである。

そして上からのしかかりネクタイを外している雪也の顔からは、先ほどのドン底な雰囲気など微塵《みじん》もなくなっている。

「え……何でこうなってんの？」

「何でって、そういう雰囲気じゃなかったですか？　今」

「いやいやいや、まったくそうじゃなかったと思うよ!?」

「だって映さん、今、女の体には興奮しないって言ったも同然なんですよ？」

「え……そうだっけ」

「思春期の恋なんて、それこそ相手の裸とか妄想しまくるじゃないですか。童貞なら尚《なお》更《さら》。それがないなんて、あなたの彼女への恋は、要するに絵空事《えそらごと》なんですよ。きっと、ちょっとした勘違いです」

決めつけてくる雪也に、自分の心を否定されたようで、映はさすがにムッとする。

「何だよそれ！　違う、俺はもっと純粋な……」

「きっとしばらく抱いてあげていなかったから、欲求不満でおかしくなっていたんでしょうね。今すぐに癒《い》やしてあげますから安心して下さい」

（安心できねえ——！）

確かに最後の行為をしてから間が空いている。それまで毎晩のように情事を重ねていたのだから欲求不満はお互いさまだが、雪也の切羽《せっぱ》詰まりようが早くもえらいことになっていて、鼻息が荒くなっているのが結構怖い。

上手《うま》く脱がせられずに夏の薄物を引き裂かれそうになって、映は必死で雪也を制止した。

「わかった、わかってるから、そんなに焦《あせ》んな！　これ気に入ってるんだから破ったら怒るぞ！」

「じゃあ自分で脱いで下さいよ。それとも着たままにしたいですか？　この部屋はクーラーも効いてますし問題ありませんが」

「そ、そんなに溜《た》まってたのか？　あんたの方が童貞みてえだ」

「溜まるに決まってますよ。映さんと一緒のベッドに寝ているのに夏川のせいで何だか手を出しづらくなってしまって、ずっと我慢していたんですから」

「自分ですりゃいいじゃん」

「してましたよ……だけど、足りないんです」

雪也は映を強く腕の中で締めつけ、衣服越しに肌を密着させる。

「映さんだってそうなんでしょう？」

と耳の中に息を吹きかけられて、背筋をぞくりと甘い震えが走る。

正直確かに欲求不満は感じていた。元から定期的に抱かれなければ疼《うず》いてくる体だ。けれど兄に雪也とのことを見られたショッキングな記憶がなかなか抜けず、そんな気持ちになれなかった。

けれどこうして抱き締められれば、体はすぐに雪也に愛される快楽を思い出す。すでに太腿《ふともも》に押し付けられている雪也の下腹部は固く滾《たぎ》り、その感触に映も喉《のど》の渇くような激しい情欲に突き上げられる。

（そういや、こんな長い間抱かれてねえの、久しぶりだ）

一度スイッチが入れば、もうそのことしか考えられなくなる。抱かれたくてたまらない。あの凶暴なもので深々と貫かれたい。体の隅々まで愛撫《あいぶ》されたい。気絶するほどの絶頂の海で乱暴に揺すぶられたい。

雪也の体温、雪也の重み、雪也のにおいを感じるだけで、頭の中はアイスクリームのようにとろとろに蕩《とろ》けてしまう。嫌というほど体に刻み込まれた快感が自然と蘇《よみがえ》り、ほとんど空イキ寸前まで上り詰めてしまう。

勃起《ぼっき》しかけた前を軽く揺すぶられて、は、と熱い息が漏れる。

「……映さんも、その気になってきましたね」

「うるせえな……」

至近距離で見つめ合い、どちらからともなく唇を寄せる。

久しぶりに味わう雪也の唇。相変わらず無遠慮な動きで口の中をまさぐられるものの、その余裕のなさにあふれるほどの愛情を感じてしまうのは、すでに相当この番犬にほだされているせいだろうか。

「はあ……映さんの口……美味《おい》しい……」

「へ、変態みたいなこと、言うなよ……、ん、う……」

幾度も角度を変えながら深く貪《むさぼ》られる。舌を搦《から》めとられ、歯列をなぞられ、執拗に、丹念に、あらゆる箇所を愛撫する。くちゅくちゅという濡《ぬ》れた音が耳を犯す。ベッドの僅かな軋《きし》みがこれからの嵐《あらし》を想起させ、映はせり上がるような興奮に胸を喘《あえ》がせる。

(食われてる、みてえ……)

　雪也は本当にひどく飢えていたのだろう。そのことがよくわかる。深く侵食されれば映の頭もぼんやりと霞《かすみ》がかったように理性が薄れ、いつしか自《みずか》らも雪也の唇を夢中で求めている。

「はあ……ああ……映さん、映さん……」

「ん、ふ……、あ……ゆき、や……」

　雪也は深い口づけを繰り返しながら、帯に絡まったままの着物もそのままに、映の下肢を暴いて裸にする。そしてすでに慣れた手つきでその尻《しり》の狭間《はざま》へ潤滑油を塗り込め、濡れた音をたてて巧みに解《ほぐ》し始める。

「はあっ……」

　そこへくちゅりと指を埋められた途端に、甘い甘い快感が込み上げ、映は陶然として喘いだ。雪也の吐息が揺れる。

「久しぶりなのに、柔らかいですね……他の男を咥《くわ》え込《こ》む暇はなかったでしょうし、もしかして自分で慰めていたんですか？」

　笑みを含んだ声音で雪也が囁《ささや》く。

「やっぱりあなたは俺でないとだめですよ……こんな淫乱《いんらん》な体、他の誰かで満足できるとは思えません」

「い、いんらんって、言うな……っ、あ、ふぁ」

映の感じる場所をすべて把握している雪也は、的確にそこを愛撫する。膨らみ始めた前《ぜん》立腺《りっせん》をなぞられ、じんわりと温かな心地よさが下腹部に広がってゆく。

少しも触れられていない前は完全に反り返り、先走りの蜜《みつ》を腹に垂らしながらヒクヒクと震えている。我ながら沸点の低い体だ。

「可愛いな……映さんの体は本当に素直で可愛い……口を開けば汚い言葉遣いばかりするくせに、こっちは従順で何でも言うことをきくいい子なんですよね……」

「あんたの言葉……いちいち、変態っぽいよ……」

「そういうのが好きなんでしょう？」

先ほどガチ凹みしていた男はどこへやら、今は色恋に溺《おぼ》れた欲情丸出しの顔で映に執拗な愛撫を繰り返す。

濡れた指を増やされ、すぐにそこは柔らかく花開く。中の丸いしこりを転がされれば、何もかも漏らしてしまいそうな甘美な悦楽の波があふれ出て、映は呆気《あっけ》なく絶頂の海へさらわれてしまう。

「ふあ、あ、ああ、あ……っ」

「もう達しましたか……？　中が可愛く締め付けてきますよ」

射精を伴わないオーガズムに、映は恍惚《こうこつ》としながら、肌にうっすらと汗をかく。もっとそれを味わいたいと雪也の指を締め付けてしまうのがわかる。

（こんなのじゃ足りない、もっと太いのが欲しい……）

雪也は大きく息を吸うと、性急に指を引き抜き、ベルトを外していきり立つものを露《あらわ》にする。いつもながらに凶悪なものを見て、映の目が期待に潤む。

「俺も、もう、限界です……あなたの発情した汗のにおいは、まるで催淫《さいいん》効果でもあるみたいだ……」

自身のものに潤滑油をたっぷりと塗りつけ、雪也は映のヒクつくそこへ己《おのれ》をあてがった。ぐぽ、という大きな濡れた音を立てて丸々とした亀頭《きとう》が埋没する。まだ達した余韻に浸っていた映は、すぐにやってきた次の衝撃の大きさに全身を震わせた。

「あぐっ……、あ、はあっ……」

「はあ、はあ……やっぱり、きつい、ですね……これだけ、間が空くと……」

これまで繰り返し味わってきた感覚とはいえ、挿入の感覚の強烈さに慣れることはない。普通ならばその意図では使わない器官に逞《たくま》しい男を受け入れるという行為。それは禁断であるからこそ、一度はまれば抜け出せない、背徳的な悦楽なのだ。

「雪也も、なんか……いつもより、デカく、ねえか……？」

「そう、かもしれません……ちょっと、我慢し過ぎましたね……。辛い、ですか？」

映は赤く火照《ほて》った頬を震わせて首を振る。

「これ、すげえ気持ちいい……すげえ、満たされてる感じ……」

「俺もですよ……やっぱり、あなたの中は、最高だ」

雪也は映の脚を抱え込み、ゆっくりと動き始める。ぐちゅぐちゅと潤滑油の濡れた音が響き、腹の中で蠢《うごめ》く雪也の存在をつぶさに感じる。

「ああっ！　あ、はあっ、あ、いい、あ」

ギリギリまで引き延ばされた括約筋が痺《しび》れるような快楽に戦慄《わなな》く。奥までずっぷりと埋められた陰茎の長さにみだらな肉体が歓喜する。

「はあっ、あ、あっ、は、雪也、あ、んうっ」

「映さん……、ああ、いい、すごくいいです、はあ、ああ、映さんっ……」

雪也は次第に腰の動きを激しくしながら、昂《たかぶ》るままに映の口にかぶりつく。唇を、舌を愛撫されながら、体を犯されるこの充足感。ぐちゅ、ずぷ、と卑猥《ひわい》な水音が部屋に満ち満ち、ベッドの軋む音と相まって聴覚をも興奮させる。

「ああ、いいっ、気持ちいい、はあ、ひ、ああ、あ」

「どこがいいですか、映さんっ……、どこが感じますか」

「あ、全部、いいっ、入り口も、中も、奥も、全部っ……」

巧みに緩急をつけて腰の動きを変える雪也に翻弄《ほんろう》される。奥の最も敏感で柔らかな場所を丸々と太った亀頭でずちゅずちゅと盛んにはめ込まれ、その目の裏に火花の散るような激しい絶頂感に映が悲鳴のような声を上げると、次は浅い場所で抜き差しを繰り返し、入

り口の括約筋にエラを引っ掛けて甘く痺れるような快楽に酔わせもする。

「はあっ、ひ、ああ、すごい、すごい……」

「あなたが、そんなに感じるから、興奮し過ぎてやばいんですよ……ああ、もう、あなたは、可愛過ぎる……」

雪也は汗みずくになった顔を歪《ゆが》ませて、愛《いと》おしげに映を深く覗き込むように凝視する。

ネクタイを外して喉元を緩めただけの雪也に抱かれていると、ますます卑猥な気分になって興奮するのは、なぜなのだろうか。

学園の潜入調査で教師姿の雪也と交わったときにも、過去の記憶と入り乱れてひどく感じてしまったが、やはり裸ではなく服を着たままの性交は、日常の顔と情事の顔のギャップを引き立たせる。それがたまらなく感じるのかもしれない。

「んんっ、ふ、ううっ、ん、ふ、んう」

深いキスをされながら荒々しく揺すぶられ、敏感になった粘膜を太く長いもので捲り上げられ、腹の奥まで深々と突き上げられて、映は快感にむせび泣く。

(すげえ、いい……やっぱ、雪也とのセックス、今までの中で最高にいい……)

もしもこんなことを映が考えていると知ったら、嫉妬でひどい目にあわされそうだが、無意識のうちにどうしても比較してしまう。ものの大きさもさることながら、肌が合うというのか、とにかく雪也に抱かれていると今までのセックスは何だったのかと思ってしまうほどの快楽に押し流されてしまうのだ。

（……なんてこと、ぜってえ言えねえけど……）

映は自称タチである。男の好みも、自分よりも小さく可愛らしい顔をした美少年だ。美少年を抱いていると心が満たされる。その瞬間だけは自分を肯定できるような気持ちになる。それは映が昔負った精神的な傷と歪みのせいだが、雪也に抱かれているとそんなしがらみのすべてがどうでもよくなってしまう。

「映さん、どうして欲しいですか……久しぶりだから、何でもしてあげますよ……」

蕩けるような熱い目で、まるで抉《えぐ》るように見つめてくる雪也。そんな顔をされると、映の胸は甘く締め付けられ、思わずすべてを投げ出してしまいそうになる。けれど、それはできない。投げ出すのは、体だけだ。心は一生、誰にも閉ざしたままでいなくてはならない。そうでなければ、捨てられてしまうから。

「何でも、いい……全部、気持ちいい……」

（何も考えられなくなるくらい、抱いてくれ。めちゃくちゃにしてくれ）

亜梨沙の出現は、映自身を混乱させている。彼女に対するこの気持ちが何なのか、自分のことなのにわからない。

（自分のことがわからなくなるなんて……あのとき、以来だな……）

かつて映がすべてを変えられたあのとき。自分が歪んでいったという自覚もなしに、映は愛らしい少年たちを好むようになっていた。愛したいのは少年たちなのに、体だけは歳上の男を求める。そのことに苦しみ、その矛盾に諦めがつくまで、一体どれくらいの年月がかかっただろうか。

けれど雪也に抱かれている間だけは、そんな様々な葛藤《かっとう》も薄らいでゆく。絶対的な快楽に懊悩《おうのう》は掻《か》き消《け》され、自分の肉体と、雪也の肉体しかこの世には存在しなくなる。腸の曲がり角に深々とはまる感覚。これは雪也でしか味わえない。意識が飛ぶほどに気持ちがいい。死んでしまうと思うほどの忘我の淵《ふち》に叩《たた》き込《こ》まれる、その快楽。

「はあ、ああ、ふう、は、映さん、映さん……」

「んっ、ふ、ゆき、や、んう、は、あ、ひあ、ああっ」

汗に濡れた腕で、映は必死で雪也にしがみつく。太い雁首《かりくび》で最奥《さいおう》の敏感な腸壁を突かれる度に映しなった熱い棒で腹を満たされる快感。

は軽く絶頂に飛んでいる。

「ああ、あ、い、いい、はあっ、ゆきやぁ、あ、ふぁあ」

次第にろれつも回らなくなり、映は雪也の逞しい体の下で喘ぐだけの動物になる。貪欲《どんよく》に脚をその腰に巻き付け、もっと深く入るように尻を蠢かせ、極太のもので貫かれる快さを全身で味わう、ただの肉体になる。

「く、ああ……、はあ、ああ、も、そろそろ、出します、よ……」

雪也の切羽詰まった囁きに、映は目を見開く。

（また、中で、出される）

抗議の声を上げる前に唇は強引に奪われ、映はうーうーと呻《うめ》きながら雪也の背中を叩く。

「ふうっ、うう、く、ああっ、はっ……」

最奥をどちゅどちゅと突かれて目の前が白くなる。四肢の先端まで熱い絶頂の波がざんぶと押し寄せ、汗が噴き出し、映は瞬間、無音の世界に放り出される。

ベッドが騒がしい音を立てて軋み、雪也は激しく映を揺すぶった後、深々と挿入したまま、ぶるりと大きく震えた。

「あ……っ」

腹の中に出される、生温かい感触。それを感じた瞬間、映は意識も曖昧《あいまい》なままに、抗《あらが》えない衝動に身を震わせた。

透明な液体が勢いよく映のペニスから噴き上げられる。散々射精して白いものでドロドロになった映の腹の上に、雨のように降り注ぐ。

その快楽とも解放感ともつかないものに呆然《ぼうぜん》としながら、次第にお漏らしをしてしまったような羞恥心《しゅうちしん》をじわりと覚え、映は唇を噛《か》んだ。

「クソ……やっぱり、かよぉ……」

「また……出ちゃいましたね」

「も……中で出すなって、言ってんのに……っ」

すみません、と謝りながらも、その表情にはまったく反省の色がない。

「だって、可愛いじゃないですか。中で出す度に潮噴《しおふ》くなんて」

可愛くねえよ、とぼやきながら、すっかり汚れてしまった着物を虚《むな》しい気持ちで眺める。替えはあるからいいものの、当然これは明日には着られない。

「シーツまでこんな汚しちまって……どーすんだ……」

「寝るときはもうひとつのベッドで二人で眠ればいいじゃないですか。こっちは汚したついでにセックス専用で」

挿入されたままの雪也はまったく萎《な》えていない。そのまま軽く腰を蠢かされて、久しぶりに何度も達する感覚を味わい、疲れ切っている映は苦笑いする。

「……やっぱ、まだ、だよな……」

「当たり前じゃないですか。これまで我慢してきた分、何回でもしますよ」

「それって……もうひとつのベッド使わないまま朝になるんじゃねえの……」

そうかもしれませんね、と優しく微笑《ほほえ》みながら、優しくない凶器で映の中を掻き混ぜる。

不承不承《ふしょうぶしょう》という顔をしながらも、映も一度燃え上がった体の奥にくすぶる炎は簡単に消えそうにない。すぐに激しく動き始めた雪也の背中にしがみつきながら、その分厚い肉体の愛おしさに、映は思わず爪《つめ》を立てる。

（こんな風に激しく、今までの女も抱いてたのかな……）

ふいに、澤乃内美緒の美しい顔と豊満な体が頭に浮かぶ。彼女は大胆なセックスをするのだろう。雪也と絡まり合う様子がやすやすと想像でき、そのとき急に、映の胸はズキリと妙な痛みを覚えた。

（イッテエ……何だ、これ）

胸の痛みは一瞬だったが、キリキリと突き刺さるような余韻が心臓の上に漂っている。

なぜ今日はこうも頻繁に意味のわからない気持ちばかりが込み上げるのだろうか。やっぱり、鎌倉に来る途中から感じていた嫌な予感は当たっていたのだ。いや、このおかしな流れは拓也が事務所に乗り込んできたときからすでに始まっていたに違いない。

「雪也……もっと、もっと欲しい」

「っ……、映さん……っ！」

無意識のうちに、必要以上に媚《こ》びを含んだ甘い声が漏れる。雪也の全身が戦慄き、背骨が折れそうなほどに強く抱き締められ、熱烈に口を吸われる。

——大丈夫、この男はまだお前を愛している。

映の胸の奥で、誰かがそう囁いた。

散々抱《だ》き潰《つぶ》して、映が深い眠りに落ちた頃。

窓から見える空は雲もなくすっきりと晴れ渡り、今日は少し暑くなりそうな気配である。

＊＊＊

丁度出勤前の頃合いか、と見当をつけながら、雪也は映を起こさないように廊下に出て、夏川《なつかわ》拓也に電話をかける。

『……もしもし』

不機嫌そうな声が聞こえる。雪也は奥歯で笑いを噛み殺す。

「おはよう。今大丈夫か」

『お前がかけなおすって言ってたから待ってたのに、何でこんな時間になるんだ』

「こっちにも色々事情があってね……まあ、とりあえず、聞きたいことがあって電話した」

『何だよ』

「夏川。お前、あの家に美緒がいるって知ってたな」

しばしの沈黙。しかし、それが答えを表している。

『……何のことだか……』

「思いっきり怪しい間空けといて何言ってんだ。澤乃内って聞いた時点で気づくべきだった。道理でお前が文句も言わずに俺を弟に伴わせたわけだ」

『会ったのか』

「バッチリ会ったよ。当たり前だろう。挙げ句に映さんの前で元カレだと暴露された」

携帯の向こうでブフォッと噴き出す音がする。殴りたい。

「全然変わってなかった。相変わらずいい女だ」

『じゃあ、よりを戻したらどうだ』

「冗談。あいつが作家になってから、俺に似た男が小説の中で何回惨殺されてると思ってんだ」

『そんなの、俺だってそうだよ。澤乃内さんはお前の彼女のうちの一人って認識だけで、ほとんど付き合いなんかなかったのに、結構被害者Bになってるよ』

「あいつ、発想が貧困なんじゃないのか。何でいちいち周りにいた人間をモデルにするんだ。一から生み出せないってことだろ」

『でも、話は面白いよ。こないだ本屋大賞にもノミネートされてたし』

「せいぜいベストセラー作家にでもなって酒でもおごってほしいもんだ」

このまま懐かしの学生時代の話で盛り上がってしまいそうになり、拓也もはたとそれに気づいた様子で、固い声に戻る。

『とにかく……俺は、お前を映のボディガードとして側にいることを許してるんだ。これまでのように、弟を危険から守ってやってくれ』

「言われなくてもそうする。心配するな」

『いいか。ボディガードとして、だぞ』

「わかったわかった。あらゆる災厄から彼を守ってみせるよ。これまでそうしてきた通りにな」

このまま喋っているとまたネチネチと責められそうだったので、雪也は適当なところで通話を切った。

（よりを戻す、ねえ……）

部屋に戻り、静かにドアを閉める。うつ伏せになって死んだように眠っている映の髪をそっと撫《な》でながら、漂う情事の香りの名残《なごり》に、雪也は秘《ひそ》かに生唾《なまつば》を飲み込む。

（こんな人に出会って、知ってしまって、どうやって他とよりを戻せって言うんだ）

それはすでに絶対に不可能なことだった。もう自分は彼の中毒になっているのだ。抱けなければ、おかしくなる。彼が自分以外の誰かを側に置くのかと思うだけで、怒りで血が沸騰する。

どうしてこんなに惹《ひ》かれてしまうのかわからない。けれど、その原因など雪也にとってはどうでもいいことだった。ただ、彼を自分だけのものにしたい――その欲望だけがすべてなのだ。

「ん……」

柔らかな髪を撫でていると、映がゆっくりと目を覚ます。元々顔立ちが子猫じみているのに、目を擦《こす》って軽く伸びをする様がますます猫らしい。

「映さん。まだ眠いでしょう」

「ん……だって……あんたが、寝かせてくれなかった……」

「すみません。もっと眠っていてもいいですよ。今日はどうせオフになりそうですから」

「うん……」

スウ、と再び眠りに落ちる。

雪也は映の寝顔を眺めるのが好きだった。こんな獣じみた男を側に置いておきながら、その傍らで無防備に眠る彼の信頼が愛おしかったのだ。

「ん……ゆきや……」

小さく名前を呼ばれてどきりとする。また起きたのかと思ったが、映は静かに眠っている。さっきのは寝言だろうか。

「そーじきに、まで……、つっこんでんじゃ、ねえよ……」

「あんた何の夢見てんですか」

きゅっと鼻をつまむと苦しそうにフガフガする。その反応がおかしくて小さく笑う。

(まあ、せいぜい、ボディガードしてやるよ、夏川。誰にも、指一本触れさせない)

まさかその相手に、女が含まれる日が来るとは思わなかったが……。

＊＊＊

最初に澤乃内家を訪問してから二日後。

映の携帯に電話がかかってきて、二人は再び白亜の洋館へ足を運ぶことになった。

「先日は、本当に父が失礼をいたしました」

そう言って頭を下げているのは、澤乃内家次男の昌平《しょうへい》だ。今日は週末で会社が休みのため、昼前にやってきた映たちを屋敷で出迎えることができたらしい。一美《かずみ》は今日は買い物に出かけて留守だというので、昌平が母に代わって映たちの応対に出てきたようだ。

昌平は明らかに母親似の大人しい顔をしている。涼しげな水色のカッターシャツにクリーム色のボトムを清潔に着こなし、いかにもお坊ちゃん育ちといったような柔和《にゅうわ》な雰囲気で、映は兄の拓也に少し似ていると感じた。

「実は、最初に夏川さんにお願いしてみようと言ったのは僕なんです」

「昌平さんが……ですか？」

「ええ……身内に探偵がいるらしいという話を持ってきたのは母ですが、それを積極的に押し進めたのが僕でした。このまま何もせずに初鳥が血を流し続ければ、この家はパニックになってしまうと思ったもので」

「私は反対した側でしたけれどね」

口を挟んだのは、譲治の妹で夫が亡くなった後、実家に戻ってきたという芦谷奈美恵《あしやなみえ》だ。その隣には息子の治樹《はるき》が座っているが、半ば無理矢理この場に連れてこられたのだろう。いかにも退屈そうに庭の方を眺めながら、組んだ脚をぶらぶらとさせてあからさまに態度が悪い。

奈美恵はやや肥満気味の体型だが、魅力的なハスキーヴォイスの持ち主で、若い頃はさぞモテただろうと思わせるような男好きのする姿をしている。

一美は亡夫の遺産を受け継ぎ富裕であると言っていたが、確かに身につけているものはこの屋敷の中で最も高級そうに見える。大きなルビーのピアスや中央に見事なペリドットをあしらった金のネックレスなど、ひとつ間違えば成金《なりきん》趣味で下品になってしまいそうなほどの贅沢《ぜいたく》な装飾品を、ギリギリのところで品よくまとめているという印象である。

息子の治樹は、典型的な遊び人といった外見で、勤めていないせいか、二十五という年齢よりも若く見える。ホストのような長めの茶髪に複数のピアス、細く整えられた眉《まゆ》に、細身のパンツとカットソー、ゴテゴテしたアクセサリーと、大学のサークルで遊び回っていそうな軽薄な外見だが、母親に似て素材自体は悪くない。

「奈美恵さんは、なぜ反対されたのでしょうか」

「そりゃ、ねえ。だって探偵さんにあんな気味の悪い絵のことがわかるのかしら？　巷《ちまた》のそういう職業の方って、大体浮気調査とか身辺調査とかするものでしょう？」

「ええ、仰《おっしゃ》る通りです」

「なら、こんな妙な依頼、断ってしまった方がよろしいんじゃなくって？」

「いいえ、それが、こちらもそうもいかない事情がありまして……」

「きっとコレでしょ？」

横から治樹が、指で『金』のマークを作って見せる。

「タンテーって、儲《もう》かんなさそうだしさあ。やっぱ来た依頼は何でもこなしとかなきゃって感じっしょ？」

（クソガキ……ぶち犯したろか）

とは口にせず、にっこりと笑って受け流す映だが、隣の雪也が静かに威圧感を発し出したので、あまり治樹には喋らせない方がよさそうだと昌平の方に水を向ける。

「昌平さんは雄平さんと仲がよろしかったとお聞きしましたが、あの絵のモデルの『エリカさん』については、何もご存じないのですか？」

「ええ、それが……確かに、彼女のことは少しは聞いていました。電話で話したり、時々

ここに帰ってきたときに……ああ、僕は元々仕事のために東京にいたもので」

「ええ、伺っております。雄平さんは、エリカさんのことを何と?」

「夜の新宿で出会った美しい人なのだと……そう兄は言っておりました」

「それでは、いわゆる水商売の方だったのでしょうか」

「多分、そうです。恋人かどうかはわかりませんが、少なくとも、兄は彼女のことを深く愛しているようでした」

絵まで描いているのだからその情熱は相当なものだったのだろう。それに、あの勢いのある描き方からして、その恋はいかにもロマンティックなものだったように思える。

「だから、僕にはどうも兄が悪い女に引っかかっているように見えて……口にはしませんでしたが、あまりよくは思っていなかったんです」

「あなたの他に、エリカさんの名前を聞いた人はいないのですか?」

「そうですね。兄の事件があったとき皆警察に初島のモデルのことを聞かれたようですが、名前を知っていたのは僕だけだったので」

「それで、警察もエリカさんが怪しいと?」

「恐らくは。僕はその現場を見ていないのですが、発見されたとき、兄は椅子から転げ落ちたような格好で倒れており、テーブルには二組のティーカップが置かれていて、兄の向かい側のカップには口紅の痕《あと》があったそうなんです。ですから、誰か女性の来客があり、兄は彼女をもてなした。そして何らかの形で兄が席を外した隙《すき》にその女が兄のカップに毒を入れ、殺したのだろうと考えられていたようです」

「ちなみに、その毒は何の毒ですか」

「ヒ素だそうです。関係者が何らかの手段で入手した形跡がないか、そこは調べ尽くされたそうですが、少なくとも、澤乃内家の中には、そういった人物はいなかったようですね」

　毒物を入手するには現代では色々と制約がある。毒性のある植物など、身近にある毒を使用する例もあるが、専門的な知識が必要だ。そうするとやはり『エリカ』なのだろうか。

「奈美恵さんも、やはりエリカさんのことはご存じないのですね」

「ええ、もちろん。私、雄平さんが普段何をしているのかも存じませんでしたわ。ここへ戻ってきてから十年経《た》ちますけれど、あの方ほとんどあの緑の小屋にこもりっきりだったんですもの」

「ああ、そのことなんですが……」

　映は雪也に目配せをする。こういうマダム相手には、雪也を使った方が話を聞き出しやすい。

「踏み込んだことをお訊《たず》ねしてしまい恐縮なのですが、どうして、ご主人が亡くなられた後こちらに戻られたのですか?」

雪也が続きを引き取って質問すると、奈美恵はキョトンとした顔で二人を見比べた後、ケラケラと太った体を揺すって笑い出す。

「まあ、いやあね。そんなことがあの絵の調査に必要なの?」

「申し訳ありません。差し支えない範囲で結構なのですが……」

「別に構やしませんけど、あなた、美緒ちゃんの恋人だったんでしょう? あの子なら何でもベラベラ喋るんだから、そっちに当たった方があけすけな話を聞けるわよ」

奈美恵の容赦ない軽口に、「叔母さん」と昌平が小声で咎《とが》め、治樹はヘッと鼻で嗤《わら》っている。

すでに、雪也と美緒の関係は澤乃内家の面々に知られているようだ。内心では動揺しまくっているであろう雪也だが、昨夜久しぶりに散々満足したせいか、余裕の微笑のうちに感情を押し込めることに成功している。

「参りましたね。大昔の話ですから、どうかご勘弁を」

と鷹揚《おうよう》に微笑みつつ、

「奈美恵さんからは、なかなか、お話ししづらいということでしょうか」

と女殺しの眼差《まなざ》しを送ると、さすがの奈美恵も僅かに頬を赤らめた。

「そういうわけじゃございませんのよ。単純に、主人の家を貸して欲しいという方がありましたの。元々、広過ぎて私の手には余ると思っておりましたし、東京の一等地でございますから家賃収入もなかなかでございましょ？　それに、遺産相続や会社の利権争いやなんやですっかり東京に嫌気が差してしまったものですから、住み慣れたこちらに戻って参りましたの」

なるほど、と頷きつつ、それもすべて本当のことかはわからない。雪也は嫌がるだろうが、奈美恵の言う通り、美緒にもこの家の内情は聞いてみた方がいいかもしれない。

(でも、何となく……気が進まねえな)

雪也と美緒は過去に付き合った経験がある。雪也曰《いわ》くお互いに本気ではなかったということだが、雪也の方はそうでも、美緒も同じだとは限らない。

この依頼がきっかけで、またよりが戻ってしまう可能性も、ゼロだとは言えないのだ。

(まあ、元々雪也はノンケだし……今回のことでなくても、女の方に戻るってことは全然あり得るわけだし……)

「なあ、俺もう行ってもいい？」

映が考え込んでいると、退屈そうに治樹が声を上げる。

「そろそろ出かけたいんだけどなあ」

「治樹、あなた今日はどこへ行くの？」

「東京だよ。友達と会う約束してんの」

面倒くさそうに答える息子に、奈美恵は大きくため息をつく。

「あなた、もう少し真面目に働きなさいよ。何にも長続きしないじゃないの」

「お説教はやめてよ、母さん。タンテーさんに聞かれちゃうじゃん。俺、調査されちゃうの嫌だよお」

恥ずかしがるふりをして完全にこちらを馬鹿《ばか》にしている。映も雪也もニコニコしながら顔を見合わせ、お互いに殺意を確認する。

「ええと、治樹さんは今はお仕事は」

「何もやってないよ。まー、ちょこちょこ収入はあるけどね。友達に頼まれて挿絵やったり」

「挿絵……？」

治樹にあまりに似合わぬ言葉に映は目を丸くする。

「治樹さんも絵をお描きになるんですか」

「この子は器用で何でも軽くやってしまうんですの」

奈美恵は朗らかに笑う。

「特に絵を学んだわけでもないのに、漫画や装丁が好きというだけで商売になってしまうのも驚きますけれど、澤乃内家には芸術家の血でも流れているんでございますかしらねえ。雄平さんも画家でしたし、兄もフランスの芸術をそれはもう愛して」

「雄平さんと一緒にしないでよ」

治樹はにやけた表情の中に、僅かに軽蔑《けいべつ》の色を浮かべている。

「俺、金にならない絵は描かない主義だから」

治樹は雄平をよく思っていなかったのだろうか。いわば従兄弟《いとこ》同士という関係のはずだが、年齢が開き過ぎているためか、親しみは一切感じないようだ。

奈美恵は十年前にここへ戻ってきて、当時治樹はまだ高校生ぐらいのはずだ。もしもその頃にあのアトリエが完成していたとすれば、雄平はそこにこもってしまい、二人の間にはほとんど接点もなかっただろう。

奈美恵は故人のことを見下す治樹を叱《しか》るかと思いきや、ただ悲しげな顔で俯いている。

そのとき、「失礼いたします」と可憐《かれん》な声がして応接室のドアが開いた。

「お茶のお代わりを持って参りました」

「亜梨沙っ！」

自分の心の声が漏れたのかと思い、映は一瞬ビクッとする。

声は目の前の治樹のものだった。先ほどの気怠《けだる》いナメくさった態度はどこへやら、今は瞳《ひとみ》を輝かせて若い家政婦を見つめている。

「なあ亜梨沙、この後ちょっと時間作れないの？」

「あ、あの……私、仕事がありますので」

「え～、いいじゃん、ちょっとくらい！　あんなジジイ、少し放っておいたって平気だって。それよりさ、楽しいところ行こうよ。こんな陰気くさい屋敷抜け出してさあ」

奈美恵が「また始まった」とでも言うように呆れた顔で治樹を一瞥《いちべつ》する。どうやら治樹は亜梨沙に気があるらしい。いかにも鎌倉などつまらないと出ていってしまいそうな治樹が、あえてここに留《とど》まっている理由がわかったような気がした。

（それにしても、屋敷の主を『あんなジジイ』か……。瞬間湯沸かし器みてえなあのジイサン相手に随分言えるもんだな）

そういえば、譲治は妹の奈美恵が息子を連れて帰ってくることに対して何も言わなかったのだろうか。あの偏屈で強情《ごうじょう》な老人が、他家へ嫁いだ後に戻ってきた妹を温かく迎え入れてやるとはどうしても思えない。

「じゃあ、ちょっとだけ！　な、少し庭に出ようよ、亜梨沙」

「あ、あの……」

治樹はしつこく亜梨沙を誘い、とうとうその手を取って強引に連れ出そうとしている。

ふいに、亜梨沙が救いを求めるように映を見つめてくる。その瞬間、自分でも感じたことのないような侠気《おとこぎ》が身のうちからあふれ出て、気づけば映はソファから勢いよく立ち上がっていた。

「すみません、ちょっとお手洗いをお借りしたいのですが……案内していただけますか？」

「あ……、はい！」

あからさまにホッとした様子の亜梨沙に、露骨に舌打ちをする治樹。そして背中に突き刺さるブリザードのような視線……。

二人は足早に部屋を出て、亜梨沙は映の先に立って「こちらです」と長い廊下を歩いてゆく。

トイレを借りたいなどと言ったのは方便だったが、そういえばそろそろしたいような気もしてきた。多分、亜梨沙と二人きりという状況に緊張しているせいもあるかもしれない。

（やっぱりドキドキするんだよなあ、この子……どうしてなのかわかんないまんまだけど、やっぱ俺、この子のこと好きなのかな……）

やがて洗面所の前に辿《たど》り着《つ》くと、亜梨沙ははにかむような笑みを浮かべて映に向かって頭を下げた。

「あの、さっきは、ありがとうございます。助かりました」

「いえ、そんな……いいんですよ、お礼なんて」

「治樹さん、いい方なんですけれど、ちょっと強引なところもあって」

あなたは、彼をどう思っているんですか？　あなたは、譲治さんの愛人なんですか？

この機会に聞きたいことは山ほどあるのに、映はただ照れ笑いをすることしかできない。

（俺、マジで童貞くさいな……童貞って思われてるだろうなあ……）

亜梨沙は弱冠二十歳でありながら、六十オーバーの老人の愛人などを務めている手練《てだれ》の女性のはずだ。けれど、こうして側にいると、まるでそんなことは感じられない。世の中の汚いことなど何も知らない、可憐で清純な乙女としか思われないのだ。

そういう女性に、男は弱いのかもしれない。何しろ還暦越えも、職なしの遊び人も、あまつさえゲイ探偵まで惚《ほ》れさせてしまうのだから、その魅惑はあまりに罪深い。

ひたすらモジモジしているだけの映をどう思ったのか、亜梨沙はつぶらな瞳を潤ませて、長い睫毛《まつげ》を伏せている。

「夏川さんって……素敵な方ですね」

「え……」

「探偵さんって初めて会いましたけど、こんなにカッコイイんだ。なんだか、憧《あこが》れちゃう」

（ドキーン……！）

映の心臓がばくばくと大きな音を立てて脈打つ。亜梨沙は言うだけ言って、恥ずかしかったのか小走りに廊下を去ってゆく。

あの子はもしかして、魔性の女なのか……？

そんな風に思ってしまうほど、亜梨沙は今このとき、映を骨抜きにしてしまった。亜梨沙のたった一言が、エコーがかかって映の頭の中に延々とこだましている。

夏川さんって素敵な方ですね……素敵な方ですね……素敵……。

（そういや、女の子にあんなこと言われるの……初めてだよなあ）

もしかして今までにも言われていたのかもしれないが、美少年の声以外は耳に入ってこないし記憶にも残らない。そんな自分が、本当にどうしてしまったのだろうか。映は自問自答するが、やはりわからない。

ぼんやりと悦に入りながら用を足していたが、きっと番犬が冷たい目をして待っているであろうことをハッと思い出し、映は慌てて手を洗ってトイレを出る。

すると、丁度廊下を通りがかっていた誰かと、思い切りぶつかった。

「あっ、す、すみません！」

「もう、誰よ、急に……」

不機嫌そうな声を上げたのは、最初に会った日以来の美緒である。髪はボサボサで、寝間着も寝乱れたままの格好だ。

映にようやく気づいて、美緒は「あら、探偵さん」とクマのできた目を擦っている。

「ごめんなさい、だらしない格好で。今、夜型で、さっき起きたの」

「いえ、すみません、こちらこそお休みのところを……」

そういえば今日は美緒の姿を見ていなかった。〆切《しめきり》でも近いのか、昼夜逆転して、今まで眠っていたらしい。

美緒のネグリジェは胸元がはだけ、豊かな乳房が半分ほど露になっている。

(デッケエなあ。Gくらいは余裕じゃねえの)

「顔色ひとつ変えないのね。さすが龍一の上司サマ」

まじまじと冷静に観察してしまっていた映が顔を赤らめもしないのを指摘して、美緒は笑う。

「それとも、女に興味がないだけかしら?」

思わず、真顔で目の前の女を凝視した。

「あたし、わかっちゃうのよねえ、そういうの。あなた……時々、甘ったる〜い女の子みたいな匂《にお》いする」

一体、何が言いたいのか。映の中にふつふつと苛立《いらだ》ちが溜まってゆく。

「デキてるんでしょ? 龍一と」

「まあ、そうですね」

誤魔化《ごまか》すこともできたはずなのに、自然と口から肯定の言葉が出る。

我ながら、先ほど亜梨沙の言葉に浮かれていた童貞ぶりと、美緒の挑発に対するふてぶてしさのギャップが激し過ぎだ。

（女の胸なんか見ても何にも感じねーし。でも、亜梨沙さんのは、どうだろう……見たいような、見たくないような……）

「やだ、カマかけただけなのに、本当なんだ」

「彼の名誉のために言いますが、宗旨替えしたわけではないですよ。ゲイなのは、俺だけですから」

好奇心あふれる目で美緒は矯《た》めつ眇《すが》めつ映を観察している。

「妙に色気のある子だなと思ってたけど……やっぱりそうだったのね」

「珍しいですか？」

「いいえ、全然。あたしゲイの友達多いのよ。ああ、でも安心して。うちは頭固い人もいるから、龍一のこととは違って言いふらしたりしないわ」

「助かります。調査がしづらくなるのは困りますので」

「じゃあ、最初から言わなきゃいいじゃん」

そうですね、と微笑んでみせる。

自分でも、何がこんなに気に食わないのかわからない。美緒のようなきっぱりとものを言う女は嫌いではないし、別に雪也との過去などどうでもいい——はずなのに。

「それにしても龍一がねえ……あの女好きが服着て歩いてるような男が」

聞き覚えのある言葉に、思わず、ふっと笑みが浮かぶ。いくら本人が否定しようと、周りの評価は一致しているようである。

「皆、同じようなことを言うんですね」

「皆？　あ、ねえねえ……もしかして、あなたの『夏川』って……龍一の友達の？」

「兄です」

「えーっ。やっぱりそうなんだあ」

美緒は拓也を知っているらしい。同じ大学だし恋人の友人だったのだから当然かもしれないが、何だか不思議な感じがする。

「その名字聞いたことあるような気がしてたんだけど、顔が全然違う気がしてさ。へぇ……友達の弟と、ねえ……龍一ってばやるなあ」

「友人の弟だとか、あまり気にしないんじゃないですか」

「ううん、そういうとこ、あいつ普通に避けるのよ。面倒になるのが嫌だから、友人知人の家族とそういうことにはならないの。効率重視なのね」

効率重視とはよく言ったものだ。男女関係もまるで仕事か何かのようである。

（だけどそれじゃ、俺とこういう関係になっちまったのは、想定外だった、ってことなのかな……）

思えば、最初に抱き合ってしまったのは、偶然がいくつも重なったような状況だったたかもしれない。今では一億光年前の話のように思えるが、雪也は最初、映がゲイだと知ってどん引きしていたのだ。ふざけて迫る映から必死で逃げていた可愛い雪也を、映は走馬灯のように懐かしく思い浮かべる。あの頃の雪也は……もういない……。

「何か色々聞いてみたいけど、怖い人がいるからまた今度ね」

「え……」

ギョッとして振り向けば、背後に番犬がぬうっと立っている。

（おいおい……いつからいたんだよ）

まったく気づかなかった。気配を消して近づくのはやめて欲しい。

美緒はさっさとどこかへ行ってしまうし、今日も厄日になりそうで目眩《めまい》がする。

「映さん、トイレ、長過ぎですよ」

「あ……。ご、ごめん」

意外にも、雪也にさほど怒っている気配はない。けれど機嫌がいいはずもなく、映は後ろ暗いところもあるせいでビクビクしてしまう。

「あなたが長い間姿を消すと、不安になるんですよ……いつだってトラブルに巻き込まれてるんですから」

「まあ……今もそんなようなもんだったけど」

「いつもよりは大分マシでしょ。美緒は口うるさいですけど、害のない女ですよ」

——美緒。

そんな風に、未《いま》だに親しげに呼ぶのか。

どうでもいいことのはずなのに、小さなことにいちいち引っかかる。なぜだろう。最初に美緒が雪也との関係を暴露したときは、何とも思っていなかったはずなのに。

もやもやした気持ちを抱えたまま応接室に戻ろうとすると、何やら騒がしいことに気がついた。今日はまだ姿を見ていなかった譲治の切羽詰まった声がする。

「亜梨沙っ！　まさかお前、あの探偵の男を好きになったんじゃないだろうな！　なあ、亜梨沙！　それとも、もう一人のデカイ男か⁉」

一体どういう展開になっているのか、応接室の前で譲治が亜梨沙に摑《つか》み掛《か》かって何やら喚《わめ》いているのだ。亜梨沙は諦めたような疲れたような顔で黙り込み、揺すぶられるままになっている。

「亜梨沙～！　やっぱり若い男がいいのか？　俺を捨てる気なのか？　亜梨沙～！」

二人でぽかんと突っ立っていると、そこへ中から奈美恵が顔を出してきて、

「ちょっと譲治兄さん、やめて下さいよ。恥ずかしいじゃありませんか、いい歳して！」

と汚いものでも見るように吐き捨てた。

「若い女相手に必死になって、情けない……これ以上澤乃内家の恥を晒《さら》さないで頂戴《ちょうだい》！」

妹の奈美恵に責められ、百倍にして返すかと思いきや、譲治はただしかめっ面をして

そっぽを向いている。映はふと違和感を覚えた。

(この人、もしかして妹の奈美恵には頭が上がらないのか……？)

出戻りの奈美恵を快く受け入れるはずがないと思っていたが、何らかの理由で妹を迎えざるを得ないとしたら納得が行く。他の兄弟はすでに亡くなっているらしいが、この兄《きょう》妹《だい》の間には一体何があるのだろうか。

(映さん)

雪也が小声で映を呼び、秘かに肘《ひじ》でつつく。

その視線の先を見て、思わずドキリとした。

玄関に今しがた買い物から帰ってきたばかりの格好の一美が、蒼白い顔で立ちつくし、この光景を眺めていたのだ。

廊下のキャビネットに新たに置かれた人形たちも、一美と一緒になって譲治を見つめている。何とも言えぬ禍々《まがまが》しい妖気《ようき》のようなどす黒い気配が関係者たちを取り囲み、息も詰まるような緊迫した気配がとぐろを巻いている。

(絵に描いたような修羅場《しゅらば》ですね……)

(まるで昼メロだな……)

ヒソヒソと囁き交わしながら、本当に澤乃内家の人間関係はどうなっているのかと空恐ろしい心地になる。

長男は毒殺され、若い家政婦は当主の愛人で、更にその当主の甥《おい》も彼女を虎視眈々《こしたんたん》と狙《ねら》っている。当主の妻は黙って愛人関係を傍観し、出戻った妹は当主を罵倒《ばとう》する。

これ以上こじれようがないほどにこじれているが、更に長女は、やってきた探偵の助手と昔、恋人関係で、探偵は家政婦に想《おも》いを寄せ、そして更にその探偵と助手はデキているのだから、映たちの存在で更にこの現場は地獄絵図となっているのだ。自分たちでも意味がわからなくなってくる。

「と、とりあえず……アトリエに行って、もう一度問題の絵を見せてもらうか」

これ以上この修羅場には付き合い切れない。映たちはそそくさと応接室に戻り、複雑な表情で待っていた昌平に頼んで、再び緑のアトリエに入らせてもらうことにした。

ついでに言及すれば、そのとき治樹の姿は屋敷のどこにもなかった。亜梨沙は連れて行けなかったようだが、一人で『楽しい場所』にでも向かったのだろう。


「これが兄の自画像です」

そう言って、昌平は積み重ねられたキャンバスの中の一枚を取り出した。

グレーのバックに、肩までの黒い髪を頬の両脇に垂らした、面長《おもなが》の陰気な男が描かれている。丸い黒縁の眼鏡《めがね》と黒のタートルネックが更にその画面を陰鬱《いんうつ》なものに見せた。あの

『初鳥』とは違ってまるで活力を感じないが、その光のない瞳に吸い込まれそうな、不気味な魅力はある。正直こちらの方が『呪いの絵』の名がふさわしい。

雪也は最初じっとその絵を眺めていたが、すぐに他へ視線を移した。こちらは好みではなかったようだ。

「兄の顔の特徴を上手く捉《とら》えています。兄のタッチは細密ではありませんが、そのものの雰囲気をよく摑んでいるんです」

「雄平さんは、お母様似だったんですね」

「そうですね。僕と兄は母に似ました。妹だけが父に似たんです」

確かに顔立ちそのものは雄平と昌平は似ている。だが、実物がどうだったかはともかく、この自画像からすると、昌平は陽性、雄平は陰性と、雰囲気は大分違っていたようだ。

「その、こんなことをお訊ねするのも心苦しいんですが……雄平さんは、誰かに殺されるような諍《いさか》いなどを起こしていたんですか?」

「いいえ、そんな……兄は無口な質《たち》でしたし、諍いなんて」

昌平は首を振りかけて、少し考える。

「諍いと言えば、父と兄はすごくそりが合わなかったんです。と言っても、家族の中で父と合う人は誰もいませんでしたけれど」

「雄平さんと譲治さんは、いつも喧嘩《けんか》を?」

昌平は苦笑して、

「父は古い価値観の持ち主で……僕ら子どもたちには昔から厳しかったんです。まあ、美緒のことだけはちょっと大目に見てたかな。でも、いつも言うことは同じでした。勉強しろ、いい大学に行って立派な職に就け、結婚するまで一切異性とは付き合うな、とかね。まあ、多分三人とも守っていませんでしたけど」

それで自分は若い愛人と昼日中から痴話喧嘩《ちわげんか》をしているのだから、それは誰からも尊敬されるはずもない。

「でも、兄は絵描きで、妹は作家でしょう? 僕は会社勤めの平凡なサラリーマンになりましたが、恐らく誰も父を満足させてあげられなかった。そのことに関しては、僕も申し訳ないと思っているんです。兄さんはこのアトリエを建ててからずっとここにこもりっ放しだし、美緒は美緒で……まあ、兄さんよりはちゃんと稼いでいますけれど、安定した仕事ではありません。父は歳をとってからますます気難しくなって……それを杉本さんが抑えてくれているので、そこは感謝しているんです」

淡々と父と愛人の話をする昌平に映は内心驚いている。このタイプは恥と思ったことに関しては見て見ぬふりをするのではないかと思っていた。

「では、澤乃内家の皆さんは、納得ずくで杉本亜梨沙さんを雇っていると?」

「まあ……そうですね。彼女を連れてきたのは父本人ですし、そうだろうなと誰もが察していましたし」

「なるほど、譲治さんご本人が彼女を連れてきたんですね」

（あの色ぼけ爺《じじい》……隠す気もねえな）

　自分たち部外者が来ていることを知っていても平気で大声で痴話喧嘩をするような人物なので、家族に対しては更に遠慮がないのだろう。

「お母様の一美さんは、その……認めているんですか？」

「ええ。かつてはもう一人の家政婦のともえさんが父の相手だったんです。ですから、もう諦めているんでしょうね」

　この新事実に、映も雪也も面食らった。なんと、年かさの方の家政婦の鈴木ともえも、かつては澤乃内譲治の愛人だったというのだ。ということは、もう長いこと公認の愛人が家族と一つ屋根の下で暮らしていることになる。

　しかし、家政婦たちのことを語る一美には別段、含むところはなかったように思う。それよりも、小姑《こじゅうと》である芦谷奈美恵の方に嫌悪感を表していた。

「ちょっと変わっているでしょう、この家は」

　昌平の顔が少し赤い。

「僕らはもう慣れてしまっていますし諦めてもいるんですが、やっぱり家の外の方にこういうことをお話しするのは恥ずかしいですね」

「奈美恵さんは怒っていらしたようですが、芦谷家の方々はこのことに関してどう思っているんでしょう」

「ええと……ご覧になったと思いますが、治樹君は杉本さんに気があるみたいで……それも含めて、叔母さんはあまりいい気分ではないみたいです。かと言って、杉本さんに意地悪をするとか、そういうことはないんですが」

「そういえば、治樹さんも絵をお描きになるらしいですね」

雪也が口を挟むと、昌平はキョトンとして、ああ、と思い出したように頷いた。

「僕は治樹君とはほとんど関わっていないので知らないのですが……そうらしいですね。兄の油絵とは違って、絵画というよりイラストという感じのものみたいです。でも、多分真剣に仕事としてやっているわけではないんじゃないかなあ。気が向いたら、というくらいに楽しんでいるらしいです」

確かにあの様子は何か真面目に仕事をしているようには見えない。母親に金をせびって定職にも就かず遊んでいるのだろう。

「でも専門的な勉強もせずにいきなり仕事にできるなんて、やっぱり才能なんでしょうね」

雪也が呟く。昌平はそうですね、と複雑そうに苦笑する。

「描き始めたのはやはり兄が影響したのかもしれませんが、遊びで描いてＳＮＳに上げたものが評判になって、仕事が来るようになったみたいなんです。なんというか、苦労している兄が不憫《ふびん》にもなりましたね……」

「才能と人間性は無関係ですからね」

雪也はちらりと映を見た。映は嫌そうな顔をして肩を竦《すく》める。

そういえば、澤乃内家では映が日本画を描いていたことは知られていないようだ。学生時代はメディアに出たこともあるが、この時代に取り残されたような洋館に住む人々はあまり世間のことに関心はないのか、昔のことなので忘れてしまったのか知らないが、これだけ絵画の話をしていながら、自分が『探偵』としてこの場にいるのが不思議な心地だった。

（才能、ねえ……）

澤乃内雄平にはまったく才能がなかったのだろうか。そうではないように思うが、きっと運がなかったのだ。

この世界には絵の上手い人間などゴロゴロいて、脚光を浴びることができるのはほんの一握りの人々である。実力がすべてかと言えば、そうではない。生きているときに名声を得られず、死後に評価される場合だってあるし、その時代にヒットして有名になってもすぐに忘れ去られてしまうことだってある。けれどほとんど人々の目に触れられないまま消えてゆく作品ほど哀れなものはない。
雄平の遺作『初烏』は二日前と変わらぬ姿で壁に飾られている。もしもこれが本当に

『呪いの絵』ならば、その名は世間に轟《とどろ》くことだろう——作者の雄平はそんな意図などなかっただろうが。

(……あれ?)

ふいに、映の中に奇妙な考えが浮かぶ。けれど、それはあり得ない妄想だった。軽く頭を振って思考を打ち消す。才能の話などしているからこんな妙なことを考えるのだ。

気を取り直して、昌平にずっと聞きたかったことを質問する。

「あの、ところで、その血の涙というのは、どういったものなんでしょうか」

「どういったもの、というのは?」

「まさに今しがた流れたように濡れた感じですか? それとも、乾いている?」

昌平は記憶を探るように腕組みをする。

「ええと……乾いていたと思います。気味が悪くて、そこまで近くでは見ていませんし、ガラス越しですから何とも言えませんが……」

「なるほど……。それで、この絵は一体今まで何度、血を流したんですか?」

「三回、だったと思います。少なくとも、僕が覚えている限りでは」

「それは、雄平さんが亡くなってからの一年間で?」

「はい、もちろん。それまでこの絵は兄が描き続けていたんですから」

「その、血の涙を流すタイミングというのは、特に決まっていなかったんですか？」

昌平は腕組みをして考え込む。

「……わかりません。僕には、法則はなかったように思えます。立て続けに起きるというのではなくて、数ヵ月経って、忘れかけた頃にまた、という感じだったと思います」

「なるほど……最後にそれを見たのはいつですか？」

「ええと……六月の初めだったかな。それで、母が親戚《しんせき》に探偵がいるという話を聞いてきて、何とかならないかという話をさせていただいたんですが……」

それでは、数ヵ月ごとというのが法則になっているとすると、次に血の涙が流れるのはもう少し後ということになる。

雪也も同じことを考えていたのか、「時間がかかりそうですね」とため息をついている。

「せめて、このエリカが見つかればなあ……」

思わずそう呟くが、エリカは当然一年前から警察が捜索しているはずで、それでも未だに見つからないのだから、映たちが探ってもそれ以上の結果は望めなそうだ。ともかく、実際に血の涙を流しているところを見なくてはならない。

（それにしても……このエリカって女、なーんか見覚えのあるような……）

新宿の知り合いの店にこんな感じのホステスでもいたのだろうか。けれど、そんなはずはない。どうにも引っかかるが、どこで会ったのか、誰に似ているのか、断言できないのがもどかしかった。

やはり、最初に予見した通り、これは厄介《やっかい》な事件になりそうである。いや、映が関わる事件はどれも厄介なものになってしまうのだが……。

しかし、これまでにない最悪の事態が降り掛かろうとしているのを、まだ映たちは知らない。


翌朝、澤乃内譲治が死体で発見された。

それも、雄平が死んだときと、そっくり同じ状況で。

殺人

「……夏川《なつかわ》探偵事務所？」

名刺を受け取った刑事は、無遠慮にじろじろと上から下まで映《あきら》を眺める。

「探偵事務所の方が、こちらへ何をしに？」

「それは依頼人と私どもの間の極秘事項になりますが、捜査で必要ですか？」

「当たり前でしょう」

何を馬鹿《ばか》なことを、と言いたげに刑事は肩を竦《すく》める。

「殺人事件が起きたんですよ。殺人が。あなた方は昨日この家に来て被害者と接触している。つまり被疑者になる可能性もあるわけです」

「殺人……なんですか？　自殺の可能性は？」

映の質問に、刑事はじろりと冷ややかな目で睨《ね》めつける。

「それはこちらで捜査します。ただ、多少なりともこの家のことをお調べになったのでしたら、譲治《じょうじ》氏の自殺の可能性は低いと思われませんか？」

「確かに、そうですね」

映は素直に頷《うなず》いて、これまでのことを説明する。

澤乃内《さわのうち》家は今や深閑とした緑深い洋館ではなく、多くの警察官が歩き回る騒々しい事件現場と化している。映と雪也《ゆきや》は呼び出されて到着したばかりで詳しいことは聞いていないが、例のアトリエの周囲に現場保存の黄色いテープが張り巡らされ、鑑識が入っているところを見ると、そこが事件現場のようである。

澤乃内家の応接室を借りて映たちに話を聞いているのは県警の警部、近藤忍《こんどうしのぶ》という男だ。年齢は三十半ばあたりだろうか。上背があり体格もよく、眼光鋭い顔つきはヤクザか警察官かわからないレベルである。年齢と階級と、そしてこの目つきを見てみると恐らく叩《たた》き上《あ》げのノンキャリアだろうか——などと余計なことを考える。

映があらかた自分たちがここにいる経緯を話すと、「呪《のろ》いの絵ねえ」と近藤は半笑いだ。普通の反応だろうが、これからの命運のかかっている映としては内心ムッとした。これを解決しなければ恐怖の実家暮らしが待っているのだ。

「ああ……そういえば他の澤乃内家の方々も何か言ってましたねえ。今朝、絵に血がどうのこうの……」

「今朝、血の涙が流れたんですか！」

「しかし、すぐに普通の絵に戻ったそうですよ。ま、それは後で直接聞かれたらいかがですか？」

　映と雪也は顔を見合わせ、貴重な機会を逃したことに二人してがっくりと肩を落とす。

しかし、なぜよりによって、人が死んだときに血の涙が現れたのだろうか。

（これじゃまるで、本当の『呪い』だ）

　元々雄平《ゆうへい》の無念が、怨念《おんねん》が、と怯《おび》えて絵の問題をどうにか解決しようとしていた人たちだ。今はさぞかし怖い思いをしていることだろう。

「譲治さんが死んでいたのはあのアトリエなんですか？」

「ええ、そうです。とりあえず、あなた方が昨日の夜十二時頃、何をしていたのか教えていただけますか？」

「セックスしてました」

　とは言えず一瞬言葉に詰まるが、隣の雪也が引き取って答える。

「二人で宿泊先のホテルの部屋にいました。七時くらいにホテルのスカイレストランで夕食をとって部屋に戻り、交替で風呂《ふろ》に入って、十時には横になったと思います。疲れていたので」

　ふと、警部は雪也の存在をはたと思い出したように視線を向ける。

「そういえば、あなたは？」

「私は、助手の……」

「彼はうちの事務所の人間です。如月《きさらぎ》雪也。アシスタントです」

サラリと偽名で紹介する映に、雪也は内心驚いた様子だったが、素直に頷いた。

そのとき、応接室に部下らしき刑事が入ってきて何やら近藤警部に報告している。その間に、雪也は映に耳打ちする。

(本名でなくて大丈夫でしょうか、警察相手に……)

(ばっかお前、本名言って実家がヤクザだなんてわかったら、関係者通り越して一気に容疑者だろ)

(ですけど、もし調べられて偽名だとバレたら……)

(大丈夫だ、多分……勘だけどな。連中が怪しいと思っているのは俺たちよりも家族のはずだ。屋敷《やしき》の敷地《しきち》内で殺されて、しかも二度目だぞ)

「すみませんでした。ええと、お二人は数日前にこちらを初めて訪れたということでしたか?」

「はい。そうです」

「被害者の譲治さんの印象は?」

しばらく澤乃内家の面々に対する感想を聞かれ、事務的な当たり障りのない答え方をする。そして多少お互い気安くなったところで、映はさり気なくこちらから質問してみる。

「あの、譲治さんはどうやって亡くなられていたんでしょう……」

「毒殺ですね。最初に発見したのは次男の昌平《しょうへい》さんです。その後夫人の一美《かずみ》さんを呼びに行ってまた二人で現場に戻り、そしてすぐに警察を呼んだとのことで」

「またヒ素ですか？」

「ええ、恐らくは」

刑事は思わず口を滑らせたという顔で気まずそうにしている。

「あー、すみません。捜査中のことはお話しできないので、聞かなかったことに」

「大丈夫です。ここだけの話で……でも、そしたら去年の雄平さんと同じですね」

近藤警部は片眉《かたまゆ》を上げて渋面を作る。

「ご存じでしたか。いや、当然ですね。あなた方は『呪いの絵』の調査で来ているらしいですから」

「その件で、教えていただきたいことがあるんです。私どもも仕事ですし、他へは絶対に漏らしませんから。守秘義務はもちろん存じていますが、そこをどうか」

勢い込む映に、近藤は鼻白んだ様子で二人を観察している。

「でも、ねえ……『探偵』ね……」

「怪しいと思われるでしょうが、私はかつて警視庁にも勤められていた三池宗治《みいけそうじ》先生にきちんとした仕事を教わった者です。ですから」

「三池……宗治!?」

途端に近藤の顔つきが変わり、却《かえ》ってこっちがびっくりする。

「それは……行く末は警視総監とまで言われ、数々の難事件を解決してきた、あの鬼の三池警視正のことですか！」

「え？　鬼？　あ、いや……二つ名までは知りませんが、エリートだったと聞いてます、けど。県警の方が、警視庁の人間をよくご存じですね」

「三池さんは別格です。あなた、本当に三池さんの弟子なんですか？　証拠は？」

「今この場で三池先生に電話して確認していただいても構いませんよ、別に……。退職された後に三池先生も探偵をやっていることはご存じでしたか？」

「いいえ、知りませんでした。すみません、では少し確認を」

近藤の勢いにたじろぎながら、映は苦笑いする。探偵の師匠である三池宗治が警視庁で辣腕《らつわん》を振るっていたことは聞いていたが、まさか県警にまでその名が轟《とどろ》いていたとは。

近藤は何件か電話をかけていたが、少しして「確認が取れました」と、それでも信じ難いような顔で映を見ている。

「なぜ三池さんとお知り合いに？」

「父が三池先生と高校のときの同級生だったんです」

「ご存じないかもしれませんが、この方のお父上は、日本画の大家、夏川一馬《かずま》ですよ」

雪也が横から口を出す。

「この依頼も、澤乃内家が所長の親戚《しんせき》だったので引き受けたものです。身元はそちらで調べればすぐに明らかになると思いますが、確かなものだと思いますよ」

「ふむ……そうですか」

今度はすぐに確認を取るとは言い出さず、近藤警部は真面目《まじめ》な顔で二人に向き直る。

「三池さんの関係者ならば、ここだけの話ということで、できる限りのことはさせてもらいましょう」

「ありがとうございます！　助かります」

聴取される場面だったはずが、いつの間にか映の方が質問をする側になっている。しかも自然と捜査対象からは外された様子で、映は内心胸を撫《な》で下《お》ろした。

（さすがに、依頼の調査中に殺人とかなかったもんなあ……探偵が被疑者になりうる立場になっちまったら、お笑いぐさだ）

それにしても、三池宗治を知っている人物で大分助かった。今やこの愚直な警部は映を信用し切っている。これで去年の事件に関する情報も聞き出すことができるだろう。

「警察も雄平さんの事件のときに、あの絵の人物『エリカ』を調査したんでしょう？」

「もちろんですよ。しかし、未《いま》だに見つかっていませんね。外国籍で、すでに国外へ出てしまったのではという疑いもあります。十中八九、源氏名《げんじな》でしょうし。新宿で働く身元不明の外国人は掃いて捨てるほどいますから」

「なるほど……その可能性も高そうですね」

「それに、我々の間では、『エリカ』という人物はそもそも存在しないのではないか、という考えになりつつあります。この家の人間の誰も彼女を見たことがないと言いますし、当時はかなりの人員を割《さ》いてエリカを探しましたが、影も形もありません」

「雄平さんの想像上の人物だった、ということですか？」

近藤は頷く。確かに、屋敷の誰もエリカを見ていないというのは、映も気になっていた。昌平曰《いわ》く、雄平はエリカに惚《ほ》れていたそうだが、それらもすべて妄想という可能性がある。

（でもなあ……なーんか見たことある気がするんだよなあ、あのエリカって女……）

水商売系の知り合いを一人一人思い出す。事務所に戻れば名刺が取ってあるので眺めているうちに思い出せるかもしれないが、そこにもいないような気がする。雄平が新宿で知り合ったのは少し前で、もう今は新宿ではなく違う場所で働いている可能性もある。

映は目に焼き付いている『初鳥《はつがらす》』の女を思い浮かべるが、どうしても誰だかわからない。近くにいるような気がするのに、そこまで手が届かないのがひどくもどかしい。

「それでは、今回の事件では、もう『エリカ』を探すことはないということですか？」

「ええ、そうですね。同じ屋敷で二度もこんなことがあったのですから、澤乃内家の人間関係を重点的に洗うつもりです」

「現時点では、誰が怪しいとお考えですか？」

近藤警部は低く唸《うな》って考え込む。

「雄平氏のときにはほとんど人間関係らしいものがなかったので難航しましたがね。譲治氏はもう、疑わしい人物が多過ぎて困りますよ」

二人はウンウンと頷く。職場で諍《いさか》いを起こして辞めたという過去もあるし、昨日の修羅場《しゅら ば》を見ていても、譲治という人間は多方面から恨みを買っていておかしくない。

「長年の浮気で夫人の一美さんに動機もありそうですし、虐《しいた》げられてきたらしい子どもたちもまあ可能性はあります。かつて愛人だったという家政婦と現愛人の家政婦も痴情のもつれが考えられますし、妹の奈美恵《なみえ》さんも譲治氏に多額の金を貸し付けていたと聞きますし……」

「えっ。奈美恵さんが？」

「おや、ご存知なかったですか」

映が目を丸くすると、近藤はなぜか少し嬉《うれ》しそうな笑みを浮かべる。目つきは悪いが、笑うとちょっとだけ可愛《かわい》い。

「先代が投資に失敗して土地を売り払い、澤乃内家にはほとんど財産が残っていないらしいですよ。ですから、譲治さんはかなり昔から奈美恵さんに金の無心をしていたのだとか」

映と雪也は顔を見合わせて頷く。これで譲治が奈美恵に弱気だった理由がわかった。兄と妹は、債務者と債権者の関係でもあったのだ。一美が奈美恵に嫌悪を示していたのも、このことが原因だったのだろうか。

「まあ、去年亡くなられた雄平さんは、あのアトリエで自活していたようですがね。仕事もせず絵もあまり売れなかったようですが、パトロンでもいたのかなあ。我々の捜査ではそういう存在は確認できなかったんですけれどね」

＊＊＊

警察が引き上げた後の澤乃内家は、当主を失って皆が嘆き悲しんでいるかと思いきや、まったくそうではなかった。

一美は葬式の手配や様々な手続きで悲しむ間もなく忙しそうだし、美緒《みお》は〆切《しめきり》があると言って相変わらず部屋にこもっている。家政婦たちも日常と変わらずせっせと家事をこなし、奈美恵は悠々とショッピングに出かけていった。一人悄然《しょうぜん》としているのは昌平くらいのもので、あとはおおむね元気そうだ。

中でも、芦谷治樹《あしやはるき》は大きな障害がいなくなったものだから、ますます人目をはばからず亜梨沙《ありさ》に迫るようになっていた。

「なあ、もうこんなところに勤めてたって仕方ないじゃん。俺と東京に出ようよ。こんな田舎《いなか》じゃつまんないしさあ」

つれない態度をずっととられているのに、治樹はめげない。よほど亜梨沙に執心しているらしい。

「俺、親父《おやじ》の遺産もあるし、今も自分でちょいちょい稼いでるしさ。本気になって仕事受ければ、亜梨沙ちゃん一人くらい全然養えるよ」

「でも、そんな……」

「だってもうここにいる理由なんてないっしょ？　家政婦だったら他の人だって雇えるんだしさあ。あのジイサン、全然金なかったし遺産もないよ？　俺と一緒にいた方がいいって！」

（よくやるよ……まったく）

助けてやりたいが、今は昌平に話を聞いている最中だ。二人のやり取りがドアを通して延々とこちらにも聞こえてきて、気になって横目でチラチラとドアの方を眺めていると、傍《かたわ》らで雪也が大げさにため息をついて立ち上がった。

何をするのかと驚いていると、雪也は廊下へ出て、大きな声で「杉本《すぎもと》さん」と亜梨沙を呼んだ。

「すみませんが、ちょっと聞きたいことがありますので、中へ」

「は、はい！」

亜梨沙は微《かす》かに喜びの響きのある声で答え、雪也に続いて応接室に入ってくる。

ドアを閉める間際、

「なあ、あんたらまだ呪いの絵ゴッコやってんの？　もういいじゃん、帰んなよ」

という治樹の腹立ち紛れの声がした。

「大丈夫ですか？　亜梨沙さん」

映たちの向かい側、昌平の隣に腰を下ろした亜梨沙に声をかけると、亜梨沙は顔を赤くして俯《うつむ》いた。

「すみません、何だか……旦那《だんな》様が亡くなったばかりだっていうのに、こんなところをお見せして」

「杉本さんは悪くありませんよ」

昌平は苦笑しながら慰める。

「治樹君も、熱烈だなあ。全然諦《あきら》める気配がないよね」

「それで……杉本さんは、正直なところ、どうされるおつもりですか？」

亜梨沙を助けたかと思いきや、雪也は冷ややかな声で問いかける。

「これからもここで働かれるつもりですか？　譲治さんは亡くなってしまいましたが」

「お、おい、雪也……」

あまりに遠慮のない質問に映は焦《あせ》る。亜梨沙が譲治の愛人だったことは周知の事実だったようだが、誰も面と向かって譲治がいなくなった後はどうするのか、などと訊《たず》ねはしないだろう。

亜梨沙は俯いたまましばらく黙っていたが、顔を上げて、しっかりとした声で答える。

「しばらくはここで働かせていただくつもりです。こんな事件があった家にすぐに次の家政婦が来るとは思えませんし、ともえさん一人では大変そうなので」

「なるほど……確かにそうですね」

意外にも亜梨沙は冷静である。平生の少し大人しい、気弱な雰囲気からすると、もっと取り乱すのではないかと思っていたが、案外気丈な女性のようだ。

「助かります。これから葬式ですし、その後も父の書斎など整理しなくてはいけませんし……杉本さんがいて下さらないと」

「お通夜はいつになるんですか？」

「父の遺体が司法解剖から戻るのは恐らく明日以降です。今晩までには連絡が来ます。遺体が傷《いた》むのが早い時期ですから、戻ったらすぐに通夜というか……親しい方にお別れをしていただき、翌日家族葬を行う予定です。死に方が死に方ですから、旧家の澤乃内家と言えど、ここは静かに父を送るつもりです。兄もそうでしたので……」

去年に続いて今年も澤乃内家で殺人が起きたということは、やはりよほどの衝撃だろう。雄平のときには皆の反応がどうだったのかはわからないが、譲治の死にははっきりと悲しんでいる様子なのは昌平くらいのもので、後は少なくとも表面上は平気そうである。

それにしても、映としては初鳥が血の涙を流したというのに、それを見られなかったことがショックである。

「すみません、散々警察に聴取された後に……例の初鳥のことをお聞かせいただけたら幸いなのですが」

「ええ、もちろんです。僕も驚きました。まさか、よりによってあんなときに……」

昌平はその光景を思い出したようにぶるりと震えた。

「父が寝室にいないと気づいたのは朝になってからだったんです。母に父がどこにも見当たらないと起こされて、僕が屋敷の中を探した後にアトリエに行ってみると、父が倒れていて……」

「譲治さんは夜は、その、やはり亜梨沙さんといつも一緒に？」

映が言葉をつかえさせながら視線を送ると、亜梨沙はやはり少し頰《ほお》を染めながら、微かに頷いた。

「私は、いつも通り旦那様とご一緒して、夜中の十一時頃には自分の部屋に戻りました。その後旦那様がどちらへ行かれたのかは知りません」

「父と母の寝室は僕が小学校中学年の頃には別になっています。……お察しのこととは思いますが」

「それでは、一美さんはなぜ譲治さんの姿が見えないと？」

「父は家族ではいちばんの早起きなんです。母は八時頃に起きて階下の食堂に降りるのですが、父はいつも七時前にはそこにいて珈琲《コーヒー》を飲みながら新聞を読んでいるんです。でも今朝は母が起きたときに、旦那様がまだいらっしゃらないとともえさんに言われて、母は父の寝室に行きましたが、もぬけの殻で……」

「それでアトリエで発見し、そのときに初鳥が血の涙を流していたんですね」

昌平は重く頷く。

映はため息をついた。話を聞けば聞くほど精力的な老人だったのだ。毎晩二十歳の若い愛人とお楽しみで、朝はいちばんに起きるとは、あの気性を考えても大分血の気が多い質《たち》だったのだろう。

けれど不思議なことに嫉妬《しっと》の感情は湧《わ》いてこない。皆がその関係を黙認しているからか、亜梨沙も割り切っている様子だからか、はたまた自分も似たような経験があるためかわからない。そもそも亜梨沙が老人とそういうことをしていた、という絵がまったく頭に浮かんでこないので、どういうわけかサラリと流してしまえるのだ。

「それで一美さんを連れて戻ったときにも、血の涙は流れていたんですね」

「ええ。僕たちが警察を呼ぶために一度屋敷に戻り、そしてすぐに駆けつけて下さった刑事さんたちとアトリエに戻ったときには、もう……」

「その間、誰もアトリエには入らなかった?」

「そう思います。少なくとも澤乃内家の人たちは皆屋敷の中にいました。アトリエを最後に出たのは僕ですが、そのときにも周囲におかしなところはなかったと思います」

近藤警部にアリバイを聞かれた時間は夜中の十二時だ。よって譲治の死亡推定時刻はその辺りなのだろう。解剖で詳しい時間がわかったとしても、さほど大きく前後はしない。その時間帯に譲治と接触した人間が誰なのかで被疑者が固まる。

(俺は呪いだとは思わない。誰かが絵に細工をしている。だけど、譲治を殺した犯人と、絵に細工をしている人物は同じなのか……?)

ひとつ、今いちばん気にかかっていることがある。雄平の収入だ。

「昌平さん。雄平さんは、アトリエで自活されていたということですが、これは確かなことですか?」

「え? あ、はい……そうだったと思いますが」

「雄平さんはあまり絵は売れていなかったのでは? 他のお仕事をされていたんですか?」

「いいえ、他に仕事はしていなかったと聞いています。僕には絵のことはわからないんですが……まったく売れない、というわけでもなかったんじゃないでしょうか。そうでなければ、立ち行かないと思いますし……。まあ、家賃のようなものは母に少し払っていたと聞きますがさほど必要ありませんし、ギリギリ生活できるんじゃないでしょうか。兄は絵を描く以外に楽しみも知らない人でしたから……」

昌平は自分で絵を描かないから知らないのだろうが、画材を買い続けていればなかなかの金がかかる。それにアトリエにあふれていた石膏《せっこう》像や様々なモチーフ、動物の剝製《はくせい》などもあり、中古で安く買えるものもあるが、中には一目見て値が張っているとわかるようなものもあった。他の仕事もせず絵も売れず、収入がほとんどない人物のアトリエではなかったように思う。

昌平はここへは年に数回帰る程度だったというし、唯一兄とよく交流していた家族とはいえ、やはり仕事のことは詳しくないようだ。

（やっぱりあの刑事に聞いてみるか）

名刺は貰《もら》っているので後で連絡してみよう。雄平の絵に関してもっと調べてみないことには埒《らち》があかない。

今朝、血の涙が流れたのだとすれば、次にそれが現れるのはいつになるのかまるでわからないのだ。いつ見られるのかわからないものを待ってはいられないし、近藤警部という使い勝手のいい、もとい、頼れる情報源もできたのだから、利用しない手はない。

「ところで、今日は昌平さんと一美さんが血の涙を発見しましたが、これまでの数回で、この屋敷にいる人たちは皆それを目撃しているんでしょうか?」

昌平と亜梨沙は視線を交わし、同時に頷く。

「今日はすぐに消えてしまいましたが、一日ほど残っている日もあったのです。そのときに全員が見ていると思います」

「それは、亡くなった譲治さんも含めてですか?」

昌平は頷く。

「父はこんなものは燃やしてしまえと、そのときに初鳥を壊そうとしたのです。だから、皆がそれとなく父をアトリエへは近寄らせないようにしていました。それなのに、今朝は……」

疲れ切った様子で頭を押さえる昌平を、隣の亜梨沙が気遣わしげに見つめている。その姿がなんだかひどくお似合いのように思えて、映は内心腹立たしい心地になった。

自分たちは部外者なのだ。そのことを思い知らされたような気がして、複雑な表情を顔に出さないために苦労した。

「いや、すみません、こんなときに長々とお話をさせてしまって」

映は頭を下げ、雪也に目配せをして立ち上がる。

そのとき、「夏川さん」と亜梨沙が呼び止めた。どきりとして振り向くと、歩み寄った亜梨沙が小さな声で問いかける。

「さっき、刑事さんと長くお話ししていましたけど……」

「え、ええ。そうですね」

亜梨沙は長い睫毛《まつげ》を伏せ、悲しげに唇を噛《か》み締《し》める。

「私、疑われているんでしょうか」

「それは……」

「旦那様と遅くまで一緒にいたのは私ですし……なんとなく、刑事さんたちの目が疑い深く私を見ているような気がして」

「亜梨沙さん……」

彼女は可憐《かれん》な小鳥である。誰かが優しく温かい手の平で守ってやらねばならない、儚《はかな》い存在――そんな兄、拓也《たくや》の妄言のような形容が頭に浮かび、映の指先が熱く震えた。

「大丈夫ですよ」

映は思わず、か弱い乙女の肩を力強く抱く。

「あなたのことは、私が守りますから」

「夏川さん……」

この部屋に誰もいなければ、このままどうにかなってしまいそうなロマンティックな雰囲気が、点描のシャボン玉とともに二人を包み込む。

背後の激しい咳払《せきばら》いで映はハッと我に返り、亜梨沙から離れた。照れ笑いをして番犬をちらりと見ると、蠟《ろう》人形のようなまったくの無表情でこちらを見下ろしているのが恐ろし過ぎる。

「あ、あの、ではまた来ますので。必ず何かしら摑《つか》んできますよ」

「どうかよろしくお願いします」

昌平が立ち上がり、深々と頭を下げる。風変わりな人間の多い澤乃内家だが、昌平のみが平凡なため、いちばんの被害者に見えてくるのが不思議だった。

応接室を出て玄関のホールへ行くと、丁度階段を降りてきた美緒が「ちょっと」と雪也を呼び止める。

「少し龍一《りゅういち》と話があるんだけど。いいかしら」

「ああ、構いませんよ。私もちょっと電話をかけますので」

映は雪也に向かって頷き、携帯で近藤警部の番号にかける。雪也はやや困惑した表情を浮かべつつ、美緒に手招きされて階段を上がっていった。

『もしもし』

電話はすぐに繫《つな》がった。

「お忙しいところすみません、今日お会いした夏川です」

『その節はどうも。どうかしましたか』

電話で話すと、あの強面《こわもて》が見えないせいか随分柔らかい印象の声に聞こえる。

「ちょっとお訊ねしたいんですが、去年亡くなった雄平さんが仕事で取引をしていた相手というのはわかりますか？　もしできたらお教えいただきたいのですが……」

『そうですね、ええと……ちょっと待って下さいね』

近藤は何やらゴソゴソと探している様子だったが、しばらくして誰かに呼ばれたようである。

『すみません、今はちょっと忙しくて……』

「いえ、大丈夫ですよ、こちらこそ申し訳ないです」

『この後外に出ますので、資料が見つかればついでに内容をお教えします。ご宿泊のホテルと部屋番号を教えて下さい』

「ありがとうございます！」

近藤と通話を終えたとき、買い物に行っていたらしい奈美恵が戻ってきた。

「まあ。またいらしていたのね、探偵さん」

「ええ。あの、この度はご愁傷様で……」

「いいのよ」

奈美恵は手を振って映の言葉を遮る。

「この屋敷の人たちを見たでしょう？　誰も悲しんでなんかいないのよ。譲治兄さんも可《か》哀想《わいそう》ね。誰も泣いてくれないだなんて」

「それはあなたもそうじゃないの、奈美恵さん」

上から降りてきた一美が、冷たい目で奈美恵を一瞥《いちべつ》する。

「おかえりなさい。いつもたくさんお買い物ができて羨《うらや》ましいわ」

「あら……これは喪服よ。去年着たものはサイズが合わなくなったから」

「まあ、そうでしたの。準備がいいこと」

言葉にいちいち刺《とげ》がある。以前はゆったりとした奥様然としていた一美が、やはり夫が亡くなったためか、ひどく神経質になっているようだ。奈美恵もそれを察してか、売り言葉に買い言葉、というように言い返したりはしない。

「この家はあなたで保《も》っているようなものだから、喪主をおやりになる？」

「それはあなたの役目でしょう、一美さん。あなたが無理なら昌平さんはどう？」

「昌平……そうね。あの子なら……」

ふいに、一美は黙り込んだ。細い眦《まなじり》に涙が滲《にじ》んでいる。

奈美恵は不安定な一美を持て余したように、「部屋で休みます」とその脇《わき》を通り抜けていく。そして通りがかったともえに部屋にコーヒーを持ってくるように頼み、そのまま自分の部屋へ向かったようだ。

やりとりの一部始終を見てしまった映は、まだそこに立ち尽くしている一美に対してどう声をかけたらよいのかわからない。

「あの……奥さん」

恐る恐る呼びかけると、幽鬼のような顔をした一美がぼうっと映に視線を向ける。

「まあ……ごめんなさい、気づかなくって」

「あ、いえ、とんでもない」

「ひどい家ね。後から後から……本当に、ひどい家。いやらしい男に、いやらしい女」

一美はブツブツと呟《つぶや》きながら映の横を歩いていった。

（いやらしい男は……やっぱり、旦那か？　死んだ旦那を、罵《ののし》るか……）

何かゾッとするようなものを覚えて息を呑《の》む。本当にこの家はおかしい。呪われているのは絵ではなく、この家そのものではないのか。

そんなことを考えているとき、雪也が美緒と共に戻ってきた。

臙脂色《えんじいろ》の絨毯《じゅうたん》の階段を降りてくる二人は絵になっていて、これは大学時代も一緒に構内を歩けばさぞかし目立っただろうと想像する。

「すみませんでした、映さん」

「いいよ、こっちも電話かけ終わったとこ」

「お二人さん、もう帰るのかしら？」

美緒は父親が今日死んだとも思えないニヤニヤ笑いを浮かべて映たちを眺めている。本当に誰も譲治の死を悲しんでいないらしい。

「映さん、どうするんです？」

「そうだな、とりあえずホテルに戻って連絡待ちだ。それで情報が摑めたらまた調査に出ることにしよう」

わかりました、と頷く雪也の表情が固い。おやと思うが、美緒が意味深な視線を向けてくるので、あまりここで長々とやり取りはしたくなかった。

「それじゃ、また来ます」

「ええ。あたしも何でも協力するから、何かあったら言ってね」

ヒラヒラと手を振る美緒に見送られながら、二人は澤乃内の屋敷を後にする。遠ざかってゆく洋館を振り返れば、今日そこで一人殺されたなどとは思えないほど、いつもと変わらない景色が広がっていた。


「なあ、美緒さんと何の話してたの？」

帰りのバスに揺られながら訊ねると、雪也は「別に」と気のない声で答える。

「しかし、あいつも意地が悪い……あんなこと俺に話してどうするつもりなんだか」

「だからさあ……何話したんだってば」

「映さんには関係のないことですよ」

飽くまで言うつもりのなさそうな雪也に腹が立つ。

ムッとして黙り込んだままホテルに到着すると、丁度携帯が鳴った。近藤警部からだ。

「もしもし？」

『夏川さんですか。今ホテルに着いたところなんですが』

「え？　私たちも丁度戻ったところですよ」

辺りを見回すと、ロビーの中央に近藤の姿があった。映を見つけると向こうから駆け寄ってきて、懐《ふところ》からメモ用紙を取り出す。

「資料を丸ごとお渡しすることはできませんが、雄平氏がよく連絡をとっていた画廊の住所と電話番号を控えてきました」

「あ、ありがとうございます！」

「いいえ、そんな……三池さんのお弟子さんですからね。できる限りのことは」

映が新しい情報に興奮していると、近藤にじっと見下ろされている気配に気づき、顔を上げる。目が合うと、なぜかその強面がポッと赤くなった。

「助手の方にお父上が日本画の大家だと伺いましたが、あなた自身も相当な才能をお持ちだったとは」

「え……、ああ、もしかして調べましたか？」

「はい、失礼ながら。あなたのような芸術の才のある方が調べれば、我々が見つけられなかったものも発見できるかもしれませんね」

「いや、どうでしょう……とにかく私たちはあの絵のことを調べなくてはいけませんから、少しでもそこに繋がればと思っていますが」

「ええ。期待しています」

「そちらの進展状況はどうですか？　といっても、まだ一日も経《た》っていませんが」

「そうですね……」

近藤は少し考えて、曖昧《あいまい》な笑みを浮かべる。

「詳しくは言えませんが、今回はさほど長くはかかりませんよ。幸運なことに」

どうやら、すでに何か有力な証拠を摑んでいるらしい。あまりに早い捜査の進み具合に驚いたが、同じ屋敷で二度目の事件とあっては、県警も全力なのだろう。

礼を言って別れた後ホテルの部屋に戻ると、雪也はなぜか怒っている。

「あれはあわよくば部屋まで来る顔でしたよ」

「え……近藤警部のことか？」

当たり前でしょう、と番犬はいきり立つ。

「あなたは気づかなかったんですか？　服だってわざわざ着替えてたじゃありませんか。何で一日に何回も着替えるんです。あれはあなたに気があるんですよ」

「いやいや、ないってそれは。暑くて汗かいたから着替えただけだろ」

「しかも髪も妙にこざっぱりと整えてましたよ。爪《つめ》まで切《き》り揃《そろ》えてたんじゃないですか？　あわよくば全力でいただくつもりでしたよあれは！」

「いや……向こうも忙しいんだからさ……ないって……つうかよくそこまで見てんな」

雪也の小姑《こじゅうと》のような因縁のつけ方に若干引き気味である。やっぱりこの男は外見は完《かん》璧《ぺき》な男らしさを備えていながら、心にはどうしようもなく嫉妬深い女を飼っているようだ。

映が呆《あき》れた顔をしているのに雪也はギリギリとハンカチを噛み締めそうな表情で舌打ちをする。

「家政婦に童貞丸出しの恋心を抱いたかと思えば、今度は刑事ですか……あなたは本当に節操なしですね」

「何？　今度は俺のせい!?」

さすがにムッとして睨《にら》みつけると、じっとりとした陰湿な目に睨み返される。どうして雪也はこう誰彼構わず嫉妬するのだろう。こんな男前な顔をして、相手を好き放題にしておいて、どうしてそんなに自信がないのだろうか。

(あ……。っていうか、俺のせいか)

そういえば、そうだった。無意識に行動し過ぎていて、自分の意図すらも忘れていた。

「くだらねえこと言ってないで、ほら、早速この画廊行ってみようぜ」

「……そこに行くのは、明日にしましょうか」

何言ってんだ、と言う前に、腕を摑まれてベッドに放り投げられる。目方が倍はありそうな男に上からのしかかられる、すでに見慣れた光景。どこまでも追いかけてくる男の熱い執拗《しつよう》な眼差《まなざ》し。

そう、男は追いついたらおしまい。逃げられれば追いたくなる。だから映は、いつまでもこの男から逃げ続けなければならないのだ——彼を、繋ぎ止めておくために。

＊＊＊

どうしてこの人は、いつも俺を苛立《いらだ》たせるんだろう。

うつ伏せにして後ろから貫きながら、憎らしくて愛《いと》おしくて食べてしまいたいくらいのみだらな体を散々に揺すぶる。

聞いただけで射精してしまいそうな甘い泣き声のような喘《あえ》ぎ声を恍惚《こうこつ》として味わいながら、雪也は先ほど美緒に言われたことを反芻《はんすう》している。

『ねえ、龍一。あんた、あの可愛い探偵さんとデキちゃってるんだって?』

何でそんなことがわかるんだ——そう言いかけて、昔からこの女は妙に勘の鋭いところがあったのを思い出す。

『カマかけたんだけど、あの子、アッサリ認めたんだよね。まるで、あたしを牽制《けんせい》するみたいな目してさ。可愛いの』

『勝手なことをするな。あの人に誤解される』

『でもさあ、忠告しとく。あの子やめといた方がいいよ』

　急に美緒は真剣な顔になる。

『あの子、相手を地獄にまで引きずり込む子だよ。軽い性格装《よそお》ってるけど、そんなんじゃない。欲望が深過ぎて、底が見えないくらいよ』

『……言っている意味がわからない』

『あの子の中は深淵《しんえん》よ。そこに触れたら、戻れない。普通の男は、気配を察知すれば本能的に逃げたくなる。でも、あんたはそうじゃなさそうだから、忠告してるの』

『わかってるじゃないか』

　雪也は思わず微笑《ほほえ》む。

『それは俺の望むところだ。ぜひとも地獄まで連れていって欲しいね』

『あんた……本気なの？』

　美緒は眉をひそめて昔の男を見つめる。

　美緒は美しい。ズケズケとものを言うところが怖くて近寄れない男も多かったが、燃え立つ赤い薔薇《ばら》のように人目を引かずにおれない女だった。

そして、本当は優しい女だ。茨《いばら》に覆われているように見えるけれど、それはまやかしで、彼女は深い母性を持っている。だから、彼女を抱いているときは、抱かれているように思ったものだ。……後にその作中で何度も犠牲にはされるが。

『誰も本気で愛せない、ゲームみたいな恋愛しかできない、可哀想な奴《やつ》だと思ってたのに、一体どういう心境の変化？　頭でも打ったわけ？』

確かに頭は打った。その直後に彼に出会ったのだ。

『あー……。もしかして、そのせいなのか』

『ちょっと、人格変わるほど頭打つなんてヤバいじゃない！』

『いや、冗談だ。確かに頭は打ったが、俺は特に変わってなんかいないよ』

（そう、俺が変わったわけじゃない。彼が俺を変えたんだ。いや、思い出させたと言うべきか）

どこまでも追い詰める、獣だった。怒りも憎しみも愛しさも、感情のすべてが極端にできていたあの頃。

双子の弟の龍二《りゅうじ》と無茶をして、白松《しらまつ》が敵対する組に睨まれた。ヤクザでもないのに雪也のことを慕って、いずれは組に入れて下さいと懐いていた舎弟が、雪也を庇《かば》って東京湾に沈んでいた。

（ヤクザでもないのに。堅気の、気のいい、少し頭の弱い、犬みてえにどこでもくっつい

てくる可愛い奴だったのに。俺のせいで、死んだ）

散々やった火遊びの代償。このまま実家の組を継げば、こんなことはいくらだってある。頭を守って、部下たちが死んでいく。自分を慕う者たちが、自分のために命をなげうって冷たい肉塊になる。

復讐《ふくしゅう》に燃えるよりも、絶望した。誰かを傷つければ、自分の愛する者たちも報復される。それを恐れた。これほど、ヤクザの家に生まれたことを恨んだことはなかった。

葬式にも、行けなかった。父子家庭の、父一人、子一人の家で、開け放した小さな家の玄関から、くたびれた無精《ぶしょう》髭《ひげ》だらけの親父が、呆然《ぼうぜん》と息子の棺の横に座り込んでいるのが見えた。

こんな思いを味わうのは、二度と御免だった。もう誰も失いたくなかった。こんな世界からは逃げ出してやると決めた。

その瞬間に、体に巣食っていた獣が、眠りに落ちた。何もかもに反抗して荒れくるっていたあの烈《はげ》しい衝動が、嘘《うそ》みたいに静かになった。火のように猛《たけ》る闘争心は、すべて弟の龍二に置いてきたと思っていた。

変化の始まりは、きっと映の絵に出会った頃からだったように思う。あの絵に、雪也は心を揺さぶられた。胸の奥をくすぐるような感動を覚え、性的快楽にも似た昂揚《こうよう》を覚えた。

そしてその絵を描いた本人に直接出会ったとき——きっと、こうなることは決まっていたのだと思った。

『もしかして、実は、お似合いな二人ってことなのかしら』

『多分、そういうことだ』

『そう……それなら、あんたの方が歯止めかけてあげなきゃ、だめになるわね』

意味がわからず、首を傾《かし》げる。

美緒は微笑んだ。昔と変わらない、優しい顔で。

『だってあたし、結構あんたのこと気に入ってたのよ。あの可愛い探偵さんも好きよ。だから、二人で喜んで転がり落ちちゃったら、悲しいじゃない』

『何言ってんだ。もっとわかりやすく言えよ』

『もう、わかってるでしょ？　龍一』

まるで教え諭す母親のような口調。

『あんたたちみたいなのが、行き着くところまで行っちゃったら、どうなるのか、わかってるでしょ？』

型破りなようで、常識人の美緒。彼女にはどこまでも客観的にものを見通す目があった。

（わかんねえよ、美緒……そんなの、知らねえよ）

華奢《きゃしゃ》な肩を押さえつけながら、首筋に噛み付くようなキスをする。

「あうっ！　ああ、は、あ、雪也、ゆき、や……っ」

「映さん……映さんっ……！」

彼が、自分につけた名前で呼ぶのが好きだった。

そう、もうあの頃の白松龍一ではない。今の自分は、如月雪也だ。

だから、同じ過ちなど犯さない。眠っていた獣が目を覚ましたからといって、若く愚かなヤクザの息子だったあのときとは、違うのだ。愛しい者は離さない。絶対にこの手で守る。後悔など二度としない。

彼のいいところを擦《こす》り上《あ》げ、泣くまで責め立て、所有の印を刻み込むように、射精する。

「あ、あ……、あ」

消え入りそうなか細い声を上げて、愛しい人が絶頂の快感に震えている。なめらかな肌にしっとりと浮かぶ汗。その首元に顔を埋めれば、鼻孔を靄《もや》のように濡《ぬ》らす甘い香りが、飽くことなく下腹部をみなぎらせる。

(俺は、この人を不幸になんかしない……幸せにするんだ。俺のすべてをかけて、幸せにしてやるんだ)

自分と同じように、彼にも何か癒《い》えない深い傷があることは察している。そして、彼は同じ場所を傷つけられるのを、きっと怖がっているのだ。

自分がそうだから、理解できてしまう。踏みとどまっているのは、自分一人ではない。けれどきっといつか、お互いそこを踏み越えられる日が来るはずだ——そう信じていても、美緒の言葉に初めて疑問を覚える。そうすることが幸福へと繋がるのか、わからなくなってくる。

(俺は、映さんに関しては抑えがきかない。嫉妬もするし束縛もする。これでも十分、抑えてる。それが、外れちまったら、どうなるのかって……ことなのか)

今は、激しい負の感情を覚えても、こうして映を抱いて自分のものだと確認することで、満足できる。この人は自分のものなのだと、荒ぶる獣をなだめすかすことができる。

それで、満足できなくなったら？　抱いても抱いても抱いても、彼を自分のものだと確認できなくなったら？

「ッ……映さん……！」

「ん……、なんだよ……」

冷たい恐怖に襲われ、思わず、快感の余韻に蕩《とろ》けている彼の体を、強く抱き締める。

「苦しいよ、雪也……」

「すみません、映さん……もう少しだけ……」

何なんだよ、と掠《かす》れた声で映は笑う。

甘く満たされた時間。愛しい人と抱き合える幸福。

（このままでいた方が、幸せなのか……）

無理に暴こうとしなくても。強引に覗《のぞ》き込《こ》もうとしなくても。

けれどきっといつか、我慢できなくなるときが来る。

彼を、愛しているから。そのすべてを、見たいと思ってしまうから――。

＊＊＊

本日は、ド晴天なり。

「あー……、あっちぃー……」

扇子《せんす》ではたはたと顔を扇《あお》ぐものの、吹いてくるのは生暖かいぬるま湯のような風ばかり。昨夜はひどいマウンティングをされた上にこの酷暑ではまるで拷問だ。

「何で今日はこんな暑いんだよお……」

「天気予報、チェックしてませんでしたね。昨日までわりと涼しかったから油断したなあ」

「油断したなあ、じゃねえよー。昨日あのまま出かけとけば、こんな炎天下にちっちゃい画廊探して歩き回ることもなかったのによお……」

「過去のことは気にせず、前を向いて歩きましょう、映さん」

「あんたがそれを言うな」

近藤警部の教えてくれた画廊はかなり細い道の入り組んだ界隈《かいわい》にあるようで、映たちは白いレーザー光線のような日光の照りつける中、フラフラと件《くだん》の場所を探してさまよっていた。

「あ……。あそこじゃないですか?」

「え? どこどこ?」

「ほら、今人が入っていきましたよ」

雪也の指差す方を見てみると、確かに誰かが入ってゆく路地がある。しかしその先にあるものは画廊ではなく、若干古びたマンションだ。看板も何も出ていない。

「あれか? 流行《はやり》の隠《かく》れ処《が》とかいう……」

「隠れ処っていつでも流行《はや》ってますけど、見つけるのに苦労させるのはやめて欲しいですよね……」

しかもそのマンションはエレベーターがない。ただでさえ汗だくなのにフウフウ言いながら階段を上がっていくと、ようやくそれらしき部屋を見つけた。

「住所からして雑居ビルの三階だと思ってたら、普通のマンションかよ……」

「とりあえず、入ってみましょうか」

ドアの脇に小さく『ギャラリー・オカザキ』と書かれている。ゆっくりとドアを開けてみると、室内は確かにアートギャラリーだ。今は水彩画の個展が開かれているらしい。やや狭いが、雰囲気のいい画廊である。

「いらっしゃい」

小柄な老人が受付に座っており、入ってきた映たちに声をかける。

「お客さんたち、ここは初めてですね」

「あ、ハイ。結構、迷ってしまって……」

「顔を見ればわかりますよ。迷う人が多いから。外はさぞかし暑かったでしょう」

老人は隅に置かれたウォーターサーバーから、小さな紙コップに冷水を入れて差し出してくれる。

「ありがとうございます」

映たちは礼を言い、一気に飲み干す。ただの冷たい水なのに、何とも言えぬ美味《うま》さだ。

「ごちそうさまです。生き返りました」

「ごめんなさいねえ、わかりにくい所で。一階と二階もうちで借りてるんですけどね。そっちは倉庫になっちゃってるから」

「はあ、そうなんですね……」

映は飾られた絵を何気なく見て回る。プロなのかアマチュアなのか、曖昧なところだ。

植物の淡い水彩画で、タイトルの横に表示された値段もお手頃のものばかり。何枚か買い手がついているのを見ると、こんな場所でも客はぼちぼち入っているのだろう。

一方、雪也は絵を眺めながらも、しきりに窓の外を見ている。何が面白いのかと横から覗いてみると、先ほどマンションに入ってきたらしい男たちがどやどやと大きな荷物を抱えて出てくるところだった。大きさからして絵を運んでいるらしい。

「……あなたは、このギャラリーのオーナーですか？」

雪也が老人を振り向いて訊ねる。

「はあ、そうです。私、こういう者ですよ」

老人が懐から名刺を出して雪也に渡す。素朴な和紙に味わい深い書体で『ギャラリー・オカザキ　オーナー　岡崎嘉彦《おかざきよしひこ》』と書いてある。

「実は、以前ある方からこちらの話を聞いていて、ぜひお願いしたいと思って伺ったんですが……」

「ある方？」

「はい。去年亡くなられてしまったんですがね。澤乃内雄平さんという方です」

ああ、と老人は目をしょぼつかせて頷いている。

「あの人には、お世話になりましたよ。本当に、若いのにねえ。気の毒に。私のようなもんが長生きして、どうしてああいう才能のある人が先に逝《い》ってしまうのかねえ」

「私も残念です……実は、私も東京で小さく絵の商売をしているんですが……」

雪也は少し声を潜めながら、老人に名刺を差し出す。

「彼ほどいい腕の人はいなかったのでね。私の人脈では、なかなか……。どなたか、ご存知ありませんか。もちろん、謝礼はいたしますので」

（……何の話してんだ？）

映は雪也が何やら勝手に商売の話を始めてしまったのかと、ぽかんとして聞いている。

確かに雪也は絵を売買する事業を始めると言っていたような気がする。だが、今ここに来ているのはビジネスのためではないはずだ。

「ゆ、雪也。お前、いきなりそんな……後にしろよ、そういうのは」

「わかってます、だめ元ですよ。今他にも色々と当たっているんですが、見つからなくて焦ってたんです」

「だからってさ……」

岡崎老人は二人のやり取りを眺めつつ、目を細めて笑った。

「そんなに、お困りなんですか」

「はい。去年、雄平さんにお任せするつもりで引き受けていた仕事も、代わりの方を見つけるのに大分苦労しまして」

「おや……。あの方が仕事をしているのはうちだけだと思ってましたよ」

老人は素直な驚きを示し、ウォーターサーバーから常温の水を汲《く》んで口に運ぶ。そしてしみじみとした口調で、

「確かに、あれほどの腕の人はいませんな。彼は自分のオリジナルでの評判には恵まれませんでしたが、こちらの業界ではちょっとした有名人でした。何しろ、上手《うま》いですからね。絶対に見破られない。けれどそれが……彼の苦しみを大きくしていたんでしょうねえ。上手いからって、有名な画家になれるわけじゃないんですねえ」

「他にも、そういう腕のいい方をご存知ありませんか?」

「さあ、ねえ……」

縋《すが》りつくような調子の雪也に、岡崎老人は心底すまなそうな顔で微笑んだ。

「申し訳ないけど、うちで紹介できる人はいませんね。信用できる贋作《がんさく》作家はやっぱり他へは渡したくないものだから。ごめんなさいねえ」

「お前……どうやって見破ったの? 何でわかったの? どういうこと!?」

画廊を出てタクシーを捕まえた後、映は畳み掛けるように質問攻めにする。運転手には聞かれぬよう、一応小声だ。

「それはですね……家業ゆえといいますか……」

「え、なんかそっちの人が見てわかるようなもんがあったのか？」

「下の階に出入りしていた男たちがいたでしょう？　幸い見たことのある顔がいましてね……黒竹会《くろたけかい》傘下の組の者でしょうね」

「その筋の人間が画廊に出入りしているとなれば、ってことでカマかけたのか。あ、ていうかあんた名刺渡してたけど大丈夫なの？」

「あれはこういうとき用の偽物ですから平気ですよ」

雪也は同じ名刺を取り出してみせる。そこにはどんな業種とも取れるような『ホワイトスノウ・カンパニー』という会社名とデタラメな住所と電話番号が印刷してあった。

「彼らが贋作を売りさばいているという話は昔聞いたことがあったんです。うちの親父は絵画やら骨董《こっとう》品やらの蒐集《しゅうしゅう》家でね。そういう商売は嫌ってたんですよ。だから耳に入ったんですが」

「澤乃内雄平は、贋作で食ってたってことか……」

これで売れない画家と呼ばれていた雄平に収入があったことの説明がついた。このことは、本当に家族の誰も知らなかったのだろうか。

「昌平さんは……知ってたんじゃねえかな……」

「俺も、そんなような気がしますね。彼は唯一、兄からエリカの話まで打ち明けられていたみたいですし」

「何で黙ってたと思う？」

雪也はかぶりを振る。映には何となく察しがつき始めているが、やはり本人に聞いてみないことにはわからない。

二人はこのまま澤乃内家に向かうことにした。

それにしても、警察が贋作の件を突き止められていなかったのは少々手落ちと言わざるを得ないだろう。警察が来ればあの老人も警戒して尻尾《しっぽ》など出さないだろうが、もっと重点的に調べていれば贋作の件を把握できていたのではないか。もっとも、贋作を発見してみたところで「模写だ」と言われてしまえば難しいかもしれない。

あの画廊のオーナーは下の階は倉庫だと言っていたが、恐らくはそこで贋作が売りさばかれていた。彼はその人脈を使って組から贋作作家を発掘する業務を請け負っていたのではないか。自分で描いた絵は売れないが、贋作作家として名を馳《は》せた人物は確かに存在する。

そうすると、雄平の死には裏社会が関わっていたのだろうか——一瞬そんな考えが浮かぶが、どうもしっくり来ない。取引でトラブルがあったとしても、殺されるほどのことがあったのだろうか。雄平は、ほとんどあの緑のアトリエに引きこもっていたという話だったが——。

　澤乃内家を訊ねてみると、そこに昌平の姿はなかった。

「あの子、今日は会社に行っているんです。お葬式の日は休むと言っていますが、それ以外は休めないからと」

　応対に出た一美は疲れた顔で苦笑する。それでも、昨日青ざめた顔でブツブツと呟いていたときよりは随分と回復している。

「父親が死んだっていうのに、まあ本当に真面目な子で……仕事でも何でもそうですけれど、頼まれたことはきちんとやらなくちゃ気が済まない性分なんでしょうね」

「奥様もお忙しいのに、申し訳ありません、何度も伺ってしまって」

「いいえ、いいんですよ。主人も今日返されるようですから、明日には葬儀ができるようにしましたし今後の見通しもつきましたから」

「ああ、そうなんですか」

　譲治はやはり明らかな毒殺だったのだろう。変死など死因に不明点があり警察が遺体を保存する必要があると判断したものはしばらく返されないと聞くが、近藤警部が「今回はさほど長くかからない」と言っていた通り、すでに解決に向けて動き始めているのかもしれない。

「昌平も今日は夕方には帰ると言っていましたから、あと少しすれば戻ります。どうぞこちらでお待ち下さいね」

「はい、ありがとうございます」

いつも通り応接室に通され、そこで待つことになった。映はまた亜梨沙がお茶を運んでくるのかとソワソワしていたが、やってきたのはともえだったので内心ガッカリする。

「あのう、何かわかったんでしょうか」

ともえはさすがに不安そうな顔をしている。お茶を映と雪也の前に並べた後、通い盆を抱き締めて縋るように二人を見つめた。

「ええ、少しだけ。けれど、それが呪いの絵の謎《なぞ》を解決するかどうかはわかりません」

「なんだかねえ、やっぱり怖くなってきましたよ。雄平さんに続いて、旦那様もだなんて……雄平さんが呼んだのかしらねえ」

「それはないですよ。大丈夫。どうか安心して下さい」

雪也がにっこりと微笑むと、ともえは少しだけホッとした顔をして、恥ずかしそうに目を伏せた。

「やっぱりだめですね、女だけだとどうしても不安でね。探偵さんたちが来て下さって、実は皆安心していますよ。男の人がいると心強いですから」

「そうなんですか？　治樹君は？」

「それがねえ、何だか具合が悪いみたいで、お部屋に閉じこもって出ていらっしゃらないんですよ。誰も部屋に入れるなと言うので、お食事だけお部屋の前に置いておくような有り様で……」

映と雪也は首を傾げる。一体あの治樹に何があったのだろう。昨日は譲治が殺されたにもかかわらず、元気に亜梨沙を口説いていたというのに。

「すみません、お待たせして」

慌ただしくドアを開けたのは昌平である。丁度帰宅したようだ。

「どうしても会社でやっておかなきゃいけないことがありまして……明日はさすがに休みます」

「私たちも先ほどお邪魔したばかりなんです。お疲れのところ、すみません」

いえいえ、と首を振りながら、昌平は滝のように流れる汗をハンカチで拭《ふ》きつつ、映たちの前に座る。今日は真夏日だというのにきっちりとスーツを着て出社したらしく、たとえ夏用の素材だったとしても長袖《ながそで》は辛そうだ。映は「どうぞ上着を脱いで下さい」と促し、昌平はすみませんと謝りながらようやく上着を脱いで、ともえが持ってきたアイスティーを飲み、一息ついている。

「初鳥のことでお願いをしたのに、こんなことになって……ご迷惑をおかけしてしまい申し訳ありません」

「いえ、とんでもない。それはこちらの台詞《せりふ》です」

「僕たちのことはどうぞ気にしないで下さい。夏川さんたちは引き続き兄の絵のことを……」

「あの、そのことなんですが」

雪也が少し身を乗り出して昌平の顔を見つめる。

「正直に言って下さいね。昌平さん」

「え……？　え、ええ。もちろん……」

映は黙って雪也に任せることにする。こういうことは相棒の方が得意だろう。

「雄平さんが贋作の仕事をしていたことを、あなたは知っていましたね」

単刀直入に断言した雪也に、昌平は固まった。それまで人のいい笑みを浮かべていた顔が強張《こわば》り、何も言えずに黙り込んでしまう。

「あなたは雄平さんの仕事の内容は何も知らないと言っていましたが、『エリカ』のことを唯一打ち明けたあなたに、この秘密の仕事のことを少しも話していないとは、少し考えづらいんですが」

「……兄さんの……贋作……」

小さく呟き、昌平は俯く。その表情は見えなかったが、何かを必死に考え込んでいる様子だ。

映と雪也は辛抱強く待った。重い沈黙が応接室を満たし、ものの数分のことがひどく長く感じられる。

やがて昌平が顔を上げたとき、その表情は僅《わず》かに柔らかさを取り戻していた。

「すみません……その通りです」

素直に頷く昌平に、映は大きく息を吐く。

「どうして黙っていたんですか？」

「本当にすみません……兄が……とても、そのことを恥じていたので……」

一度打ち明けてしまえば、昌平は堰《せき》を切ったように雄平の秘密を語り始める。

「兄は、昔から模写の腕は素晴らしいと言われていました。それを、贋作作家を求めていた人たちが聞きつけたのでしょう。そちらの業界ではすぐに有名になってしまって、それなのに自分自身の絵はまったく評判にならず……兄は深く絶望していました」

「雄平さんのそのことは、やはり昌平さんしか知らないのですか？」

「そうだと思います。先ほども言った通り、兄はひどくその仕事のことを恥じていたのです。僕が仕事中にアトリエに入ってしまって、作業中の贋作を見てしまわなければ、僕にだって言わなかったかもしれません」

「なるほど……わかりました」

映はじっと昌平の顔を見つめる。

「他に隠していることはありませんね？」

「いや、そんな……質問していただければ、僕は何でも答えます」

昌平は映を真っ直《ます》ぐに見つめ返す。

「では、『エリカ』のことも本当に誰だかわからない？」

「それは本当です。僕は会ったこともなければ見たこともない。本当に兄から名前を聞いただけなんです」

これはどうやら本当らしい。映は腕組みをして考え込む。

（誰だ。あの女は誰なんだ……）

摑めそうで、摑めない。あの女の目鼻立ちの特徴、そして骨格。人の顔の造作や体つきの造形で見極めることは得意だったはずなのに、ここへ来てどうも勘が鈍っているのか、今までずっと考えているのにわからない。

「……ああ、でも」

ふと、昌平が何かを思い出したように首を傾げる。

「母が……何か知っているような気がしました」

「え……一美夫人が？」

「ついこの前のことです。夏川さんたちが調査に来て下さって、その話題になって僕がエリカのことを話したとき、とても嫌そうな顔をしたんです。『その女の話はしないで』と……」

これには映も目を丸くする。

「それじゃ、一美さんはエリカと面識があるんですか！」

「いえ、そうは言っていなかったのですが……そのことに関しては固く口をつぐんでしまいましたから、聞いても何も答えてくれないと思います。母はああ見えてとても頑固なのです。すべて内側に溜《た》め込《こ》む性格で」

一美夫人がエリカのことを知っていた？　二十歳前後の年頃で、新宿で水商売の経験があり、澤乃内雄平と接点のあった女――。

（俺は、もしかして何か重大な思い違いをしているのか……？）

映の懊悩《おうのう》を別の意味にとったのか、昌平は居住まいを正して改めて頭を下げる。

「贋作のことは、本当に申し訳ありませんでした。僕は兄を貶《おとし》めるようなことはなるべく言いたくないんです。世間でどう言われようが、兄は僕の誇りでしたし……生きていれば、いつか必ず有名な画家になっていたはずの人ですから」

「ええ……きっと、そうでしょうね」

昌平の兄への想《おも》いが伝わってくる。男兄弟というのは、互いにライバル視し反発し合っているようでも、不思議な絆《きずな》があるものだ。

映も、普段ウザがってはいるが何でもそつなくこなし優等生で、そしてどこまでも常識人の兄を内心では敬愛している。自分が歪《ゆが》み切《き》っているからこそ、何も知らずに弟を天使だ何だと言える兄を愛おしい人だと思えるのだ。

ふいに、部屋の外が騒がしくなる。来客があったようだ。

気になってドアの外を覗いてみると、そこには近藤警部が部下を連れてやってきている。そして一美に何かを話しかけ、一美はハッと顔を青ざめさせて、首を横に振っている。

「あ……父さんの遺体が戻ってきたのかな」

昌平も気づいて立ち上がる。

「すみません、ちょっといいですか？」

「ええ、もちろん。警察の方が来たのでしたら、私どもは引き上げますから」

部屋の外に出ると、近藤が映に気づいて破顔する。映も会釈《えしゃく》をするが、あまり親しげに話をすると今夜がまたひどくなりそうで、この場はそのまま通り過ぎる。

屋敷の外に出た後、雪也が訝《いぶか》しげに問いかける。

「いいんですか？　映さん、こんなすぐに帰っちゃって」

「ああ。昌平さんの話が聞けただけで十分だよ。どっちにしろ、今アトリエは現場保存されてて入れねえ。あそこに行かなきゃ、今ある推理を証明できないからな。エリカが誰かってのは相変わらずわかんねえけど」

えっ、と雪也が驚いた声を上げる。

「今ある推理って……何かわかったんですか！」

「ああ」

映ははっきりと頷いた。

「呪いの絵の真相、多分摑めたわ」

犯人

ずっと同じホテルレストランで食べているとさすがに飽きる。その日の夕食はホテルに戻らず、美味《うま》いと評判のフレンチレストランに行くことにした。

店は小さく家庭的な雰囲気で、何くれとなく世話を焼いてくれる主人や座り心地のいい椅子《いす》や、凝ったメニューでなくても素朴で優しい味付けが、疲れた心身を癒《い》やしてくれる。

「映《あきら》さんは、まだ昌平《しょうへい》さんが何か隠していると思っているんですか？」

赤ワインを飲みながら雪也《ゆきや》が訊《たず》ねる。ジンジャーエールを飲みつつ、映はうーんと唸《うな》って考える。

「まあな、多分。でも、隠し事があるのは昌平さんだけじゃないと思う」

「ああ……何だか、皆腹に一物《いちもつ》ありそうというか……秘密は多そうですよねえ」

「俺たちはあの絵のカラクリが解ければいいんだけどな。でも、あのオッサンが殺されちまって……ほんと、何でこうどんどん複雑になってくわけ？」

「そうですね。俺が関わった最初の事件も、最初はただの人探しだったのにヤクザ絡みで面倒なことになりましたし、次のいじめ捜査も思ってもみないことになりましたしね」

「……もしかして、雪也のせいかな」

「俺のせいですか⁉　宇宙的な？」

「だってあんたが来てから変なの増えてるし。ていうかまだそのネタ引きずってんのかよ」

「いやいや、自覚して下さいよ、あなたのトラブル体質のせいですから！」

それはそうなのだが、雪也と一緒に依頼をこなすようになってから、やはり事件そのものが複雑になってきたような気がするのだ。確かに相棒の言う通り、それもこの厄介《やっかい》な運の悪さのせいではあるのだが。

「ところで雪也ってさ……何でうちのアニキと仲良くなったの？」

「え……夏川《なつかわ》とですか。どうして？」

「だって全然タイプ違うじゃん。仲良くなりそうもないのになと思って」

鴨《かも》のローストを頬張《ほおば》りながら、雪也は首を傾《かし》げて考えている。

「そうですね……あいつは普通にいいやつだし、ちょっと世間知らずだけど常識人だし、優しいし……一緒にいて心地よかったから、ですかね」

「おー。雪也がそういうのを友人に求めるとは意外だ」

「え、そうですか?」

「だって、元カノがあの美緒《みお》さんだろ? それに、双子の弟もあんなだしさ……アニキなんかじゃ物足りなそうだなって」

「あのねえ。映さんは俺のことを誤解してますよ。俺は別に気性の激しい人間が好きなわけでも、変わり者と付き合いたいわけでもないんです。友人くらい、心安らぐ相手を選びますよ」

「ヘンな奴《やつ》は選んで付き合ったわけじゃないってこと?」

「まあ……そうですね。弟は選べませんし、付き合う相手も、成り行きというか」

「俺とのことも事故みたいなもんだもんな」

何気なく口走ると、雪也の動きが止まる。

「事故……まあ、最初はそうかもしれませんが」

「雪也、完全なノンケだったしな。俺と出会わなきゃ、今頃結婚とかしちゃってたかもな」

「それはないですよ」

断言する雪也に、何でだよ、と笑って返そうとして、いやに真剣な顔をしているので何も言えなくなる。

「あなたと出会わない人生なんて考えられませんよ。結婚なんて誰ともしない」

「お、おいおい……」

「するなら、映さんとしますよ」

（……マジかよ）

思わず、息を呑《の》む。

アルコールは口にしていないはずなのに、顔がのぼせて、涙が込み上げそうになる。

「ば、馬鹿《ばか》だな。日本じゃ無理だ」

「そうですね。渋谷の条例も婚姻ではないようですし……。じゃあ、法律で認められている国に行きましょう」

「い、いいよ、このままで。いきなり本格的なこと言ってんじゃねえよ」

「……まあ、おいおい考えましょう。俺も色々調べておきます」

「だから、いいって……」

（何なんだよ、この展開は。マジでビビる……）

まさか、雪也が同性婚の話などをしだすとは思わなかった。映とこういう関係になっても、他の同性カップルには嫌悪の目を向けていたし、自分もゲイと同じ行為をしているということに自覚がない様子だったというのに。

（俺のこと、もしかして本気なのか……？）

執着されているということは嫌というほどわかっている。けれど、それも刹那《せつな》的なものだと感じていた。雪也は女性を愛することができるのだから。

(そうだよな……今の感情に流されて言ってるだけだ)

ノンケの言葉を本気に受け取るな。そう自分を戒めていても、嬉《うれ》しいという気持ちはどうしようもない。そして、こんなことに喜びを覚え、それを自制しようとしている自分がますます哀れだった。

それからは、何を食べたのか覚えていない。

無言のままタクシーに乗り、もつれ込むようにホテルの部屋に戻る。

ドアを閉めた途端に背中から強く抱き締められて、首筋に熱い息を感じたそのとき、ふいに雪也の携帯が鳴った。

美緒からだ。

「……何だ、こんなときに……」

さすがに邪魔をされたように思ったか、小さく舌打ちして、それでも雪也は電話に出る。

「もしもし……」

急に、何か嫌な予感がして、寒気が走った。

映はベッドに腰掛け、落ち着かない心地で雪也が話し終えるのを待っている。

妙に胸がざわついていた。呪《のろ》いの絵の真相は、実は何となくだが以前から疑っていたこと繋《つな》がっていた。しかし、そのことはまだ雪也にも明かしていない。この目で直接確認しなければ、誰かに話す気が起きないのだ。

「ああ、わかった……、心配するな。すぐに行くから。じゃあな」

短い電話だった。通話を切って雪也が重いため息をついている。

「お、おい……どうしたんだよ」

「……一美《かずみ》夫人が、自殺を図《はか》ったそうです」

「はあ⁉」

想定外の事態に、映は顔を歪《ゆが》める。室内に僅《わず》かに残っていた甘い雰囲気など、一瞬で吹き飛んでしまった。

「何で……一体どうなってんだ？」

「部屋で首を吊《つ》っているのを美緒が発見したそうで……幸い、踏み台を蹴《け》ったときの音で気づいてすぐに駆けつけたから一命は取り留めたらしいです。その場に警察も残っていたようだったので対処が早かったと」

それを聞いて肩から力が抜ける。

「よかった……これで母親まで死んじまったら、もうどうしようもねえだろ……」

「今美緒は病院にいるそうです。他の人は屋敷《やしき》に残ったらしいですが、さすがに気丈な彼女も動揺しているようだから、俺も病院に行こうと思います。映さんはどうしますか？」

「俺も行く。決まってんだろ」

二人はすぐにホテル前でタクシーを拾い、病院へ向かった。

夜間出入り口で待っていた美緒に連れられて、一美のいる病室の前まで来る。美緒はいつも目の下にあるクマを更に色濃くして、疲れ切っている様子だ。

黙り込んでいる美緒に痺《しび》れを切らし、雪也が病院の静寂を恐れるように小声で問いかける。

「事情を説明してくれ。一体どうなってる？」

「それは私からお話ししましょうか」

病室から出てきたのは近藤《こんどう》警部と二人の部下だ。映は驚いて目を丸くした。

「近藤さんが、どうして……」

「部下を澤乃内《さわのうち》家に残してきて、私も丁度戻ったところでしたから。念のためだったのですが、正解でした」

近藤は部下らに本部と連絡をとるようになどと指示をし、彼らを先に外へ出す。廊下の角から姿が消えたのを見送って、近藤は立ち尽くしている三人に向き直った。

「澤乃内一美さんは、先ほど夫の譲治《じょうじ》氏を殺害したことを自白しました」

美緒が顔を覆って、椅子に座り込む。

「実は今日の夕方、譲治氏の遺体を運んできたとき、一美さんに確認をしたのです。身に覚えがありますね、と。そのとき彼女は否定しました。しかし、毒物の入手経路はすでに割り出されていますので、明日にでも逮捕状が出ることになっていました」

「そんなに早くに……」

映が呆気《あっけ》にとられて近藤を凝視していると、強面《こわもて》の警部はやや顔を赤くしてペラペラと説明し始める。

「簡単だったんですよ。一美さんの薬剤師のお友達がね。少しついたらすぐにバラしましたからね。一美さんとは幼なじみだそうですが、半年くらい前に頼まれて渡したそうですよ。夫への不満をずっと聞いてきたらしいですからね。ほだされたんでしょう。絶対使わない、お守りにするだけ……なんて言われてもね。使わないわけはないですよ」

「半年前……それじゃ、雄平《ゆうへい》さんの件とは関わりがないんですね」

「ええ、現時点では。それにしても、何十年も我慢を重ねてきた夫人が、どうしてここで犯行に及んでしまったのか……まあ、詳しくは回復してから伺いますがね」

　雪也は座り込んだ美緒の隣に腰掛け、慰めるように肩を抱いている。この状況ではさすがに何の複雑な感情も覚えないが、あの天衣無縫《てんいむほう》だった美緒がここまで落ち込んでいるのを見るのは辛い。

「ママ……様子がおかしかったの。あの夜……」

「あの夜？」

「父さんが死んだ夜よ。あたし夜型だから、皆が寝る時間でも起きてるの」

美緒は嗄《か》れた声でぽつりぽつりと呟《つぶや》くように喋《しゃべ》る。

「まだ父さんは生きてた。ちょうど杉本《すぎもと》さんが部屋に戻ったくらいの頃ね。あたし、コーヒーのお代わりが欲しくてキッチンに降りたの。そのとき、ママが、すごく荒い息しながら、必死で落ち着こうとして何回も水飲んでたの。あたし、何か見ちゃいけないもの見た気がして、こっそり部屋に戻ったんだけど……」

「どうして一美さんがそんな風になってしまったのか、見当はつきますか」

近藤警部の言葉に、美緒は虚《うつ》ろな目をしてかぶりを振る。

「わかんないわ。でも、きっと何か驚くようなものを見たんだと思う」

「何かを、見た……?」

「それが譲治さんへの殺意に繋がったんでしょうか」

映が思わずそう言うと、美緒は突然、激しく泣き出した。

「どうして！　どうしてママがあんなことしたの！　あんなオヤジ、別に放っておけばよかったのに！　何であんなことっ……」

「美緒……」

雪也が嗚咽《おえつ》に震える美緒の体を抱き、その手を強く握りしめている。そして映の方をそっと見上げ、すまなそうな顔をする。

1.一般検査室
検尿 検便
2.生理検査室
心電図 脳図

（わかってる。わかってるから、そんな顔すんな）

別に、自分たちは恋人なんかじゃない。ただの相棒で、ただのセフレで、ついでに言えば、五千万円の債務者と債権者。

（そうだ。さっきの結婚なんてことは、気の迷いなんだ）

今美緒に必要なのは彼女を理解してやれる大きな存在で、そんな人間は、近くには雪也しかいない。さすがにそれを咎《とが》めるほど心は狭くない。

それに――そういう、男女が共にある姿の方が、自然に見える。

雪也の隣には、やはり女性が似合う。

「夏川さん」

ぼうっとしていたところを呼びかけられ、はたと我に返る。

「そういうわけで、こちらは片付きそうです。夏川さんの方はどうでしたか？」

美緒に聞かれるのを気にしてか、近藤が映の肩を抱き、内緒話をするように口を寄せる。

「ああ……おかげ様で、こちらも収穫がありました。本当に感謝していますよ」

「そう言っていただけると嬉しいな。何しろ三池《みいけ》さんのお弟子さんですからね。こうして関わることができただけでも僥倖《ぎょうこう》ですよ」

近藤警部はよほど三池宗治《そうじ》に憧《あこが》れていたようだ。映にとっての三池は、眼鏡《めがね》をかけた温厚な中年男にしか見えないのだが、警視庁にいた頃はやはりこの警部のように眼光鋭く事件を追っていたのだろう。

「ところで……少々お訊ねしたいことがあるのですが」

「はい、何でしょう?」

「お連れの……助手の方の件です」

「え、雪也の……?」

少し振り向いてみると、雪也が美緒の肩を抱きつつじっとこちらを凝視しているのに気づいてギョッとした。気づけば大分近い距離で近藤と話をしていたようで、慌ててさり気なく距離をとる。

(何だよ、そっちのこと許してるのにこっちはだめなのかよ!)

雪也のルールが厳し過ぎる。美緒をずっと慰めているのに意識だけはこちらを向いているとは番犬としてのプロ意識が高い。

「ええと、彼がどうかしましたか?」

「如月《きさらぎ》雪也さん、でしたか。本名は、白松龍一《しらまつりゅういち》、ですよね」

(さすがに調べたか……)

けれど一美夫人が譲治殺しの自白をした以上、ただの確認といったところだろう。ここは素直に話した方がいい。

「ええ、その通りです」

「なぜ偽名を?」

「お調べになったかとは思いますが、彼には実業家という顔もありそちらが本業です。私の助手をしているのは、まあ、趣味のようなものらしいので……別名を使用しております」

「そうですか……こちらの業界ではそういったことが一般的なんでしょうか?」

「さあ、それはわかりませんが……職業柄、裏稼業やそちら方面に接する場面も多く、彼の場合実家が有名ですので、支障が出ることもあるんですよ。そのための別名です」

近藤警部はそれで完全に納得した様子でもなかったが、わかりました、と頷《うなず》いてみせる。

「事情は把握いたしましたが、一応こちらとしては本名を言っていただきたかったですね。あの状況で白松と言いづらかったのはお察しいたしますが……」

「ええ、申し訳ありません。以後気をつけたいと思います」

今後警察が介入してくるような場面には出会いたくないものだが——とりあえず、師匠の三池宗治の名前がかなり使えたことが意外だった。三池を持ち出さなければ、もっと面倒なことになっていたかもしれないので、この状況は不幸中の幸いである。

(そういえば近藤警部にあの画廊の贋作《がんさく》の件、話した方がいいんだろうか)

今会話しただけでは強《し》いて聞かれたわけではないので、黙っていても問題はなさそうだ。あちらから情報だけ頂いておいて、こちらが得たものを渡さないのは卑怯《ひきょう》にも思えるが、最初にそういう取引を約束したわけでもないし、まあいいか、と思ってしまう。

「それにしても、この家の人たちはちょっと変ですよね」

近藤警部が小声で囁《ささや》く。

「一家の長が死んだっていうのに、ほとんど誰も悲しんでいる様子がなかったんですよ。去年と同じ場所で死んでいたことにはショックを受けたようですが……。それなのに、あの子なんかは、母親が殺したと聞いたらあの嘆きようでしょう？　ちょっとよくわからないな……」

「確かに……そうですよね」

美緒は、母親のことは甘えた響きで「ママ」と呼び、父親のことは極力呼ばないが、話に出すときには「父さん」だの「あんなオヤジ」だのとかなりの温度差がある。

「……人間は、死んだときに、その人の価値がわかる」

思わず呟いた言葉に、「え？」と近藤が聞き返す。

「そういうことじゃないですか。それまでしてきたことが、そのまま返ってくるんです」

「ああ。……そうかもしれませんね」

（もし俺が死んだら、一体誰が泣いてくれるのかな）

病院にいると、ふとそんなことを考えてしまう。まだ本当に近しい人の死は経験していないが、何かを失った悲しみというのはどれほどで癒えるものなのだろうか。よく時間が最高の薬というが、大きな悲しみは時間が経《た》たなければ克服することはできないのかもしれない。

雪也を失ったら——ふと想像しかけて、慌てて頭を振った。

「夏川さんはこれからどうされるんですか？」

近藤警部に訊ねられ、映は雪也と美緒に視線を向ける。

美緒は今晩は母親に付き添うのだろうし、そうすると駆けつけた雪也も離れるわけにはいかないのではないか。

「ええと……多分、私だけホテルに戻ると思います」

「そうですか。それじゃ、ホテルの前までお送りしますよ」

「え、でも……」

「映さん」

雪也がさり気なく映を呼ぶ。無表情な顔つきだが、その奥にギラギラと燃《も》え滾《たぎ》っているものがあるのを感じ取ってゾクリと悪寒《おかん》が走る。

(ど、どうすれば……俺も残れってことか？)

別に送ってもらうだけなんだからいいじゃん、という主張は当然番犬には通用しない。

どうすればいいのかわからずにいると、ふいに、美緒の携帯がバイブした。

「なに……、どうしたの？」

美緒はぐちゃぐちゃになった顔を手の甲で拭《ぬぐ》いながら、面倒そうに答えている。気安い口調からして、相手は昌平だろうか。

「え……、何？　嘘《うそ》でしょ、もう一回言って」

急に美緒の顔つきが変わった。

「やだ……ちょっと、どうしよう」

通話を切り、愕然《がくぜん》とした顔で美緒がこちらを見上げる。

「さっき、『初烏《はつがらす》』、燃えてたんだって」

「「「はあ⁉」」」

三人の男たちの声が綺麗《きれい》にハモった。

＊＊＊

危うくアトリエが火事になるところだったらしい。

最初に異変に気づいたのは家政婦の杉本亜梨沙《ありさ》だ。屋外に置いてあるポリバケツに生ゴミを入れようとしていたところ、アトリエの窓が赤く揺らめいているように見えたという。

それが火だと気づき、慌てて鈴木《すずき》ともえを呼んで、二人でテープを破って庭木用のホースで水をかけていると、昌平も気づいて駆けつけた。後から芦谷奈美恵《あしやなみえ》、治樹《はるき》もやってきたが、その頃にようやく火の気は収まり、『初鳥』は無惨に焼けただれてしまったという。

「これじゃ……血の涙を流そうが流すまいが、わからなくなっちまったな……」

翌朝、現場保存の解かれたアトリエにやってきた映は、一部が炭化した初鳥を眺めながらため息を落とす。額縁のガラスも割れてしまって、黒焦げのキャンバスが剝《む》き出《だ》しになっている状態だ。

せっかく真相に辿《たど》り着《つ》いたかもしれないというのに、これではどうなることやら——いや、証明そのものは今でも可能だが、澤乃内家の人々がそれを求めているかが問題だ。

絵に火をつけた人物は一応警察が捜査してはいるが、証拠も目撃証言もないので、なかなか進みそうにない。それよりも、夫殺しを一美が自白した時期と重なり、絵に火をつけたのが誰か、というのは、あまり重要視されていない様子である。

「あのジイサンの念願通りになっちまったな」

いつの間にかアトリエを覗《のぞ》き込《こ》んでいた治樹が、不気味そうに変わり果てた油絵を見つめて肩を竦《すく》める。その肩には大きめのスポーツバッグがかけられており、まるでどこか旅行でも行くような格好だ。これから家族葬だと聞いていたが、その服装もまったくの普段着で喪服には見えない。

「治樹さん、お出かけですか？」

雪也が訊ねると、治樹は引《ひ》き攣《つ》った顔で歪んだ笑みを浮かべる。少し寝込んでいたと聞いていたが、確かに以前と比べてひどく窶《やつ》れているし、目も死んだ魚のように乾いている。風邪か何かで寝込んだくらいでこんなに変わってしまうものなのだろうか、と映は内心驚いた。

「ああ、そうだよ。もうこんなめちゃくちゃな屋敷、帰ってくるもんか」

「治樹！」

屋敷の玄関から飛び出してきたのは、母親の奈美恵である。彼女は今日の葬儀のために喪服を着て、大ぶりの真珠のネックレスをかけている。

「あなた、どこへ行くって言うのよ。こんなときに！」

「だから、出ていくんだって。こんなところ、もうこりごりなんだよ」

「だってあなた、今日は譲治兄さんのお葬式が……」

「そんなもん、どうでもいいよ！」

治樹は母親の制止を乱暴に振り払って、さっさと行ってしまう。奈美恵は諦《あきら》め切《き》れずに「治樹！」と叫びながら追《お》い縋《すが》るが、息子は「うるせえ！」と怒鳴り返し、どんどん門の方へと歩いて行く。

「本当に……めちゃくちゃなことになってきたな……」

母子の喧嘩《けんか》を眺めながら、映は呟く。元々人間関係がめちゃくちゃな屋敷ではあったが、物理的にもおかしくなってきている。

何より、一体誰がこの絵を焼いたのか。何のために。

「呪いの絵が燃えるだなんて……嫌な感じだな……」

昌平がぼんやりと呟いている。確かに、血の涙を流すなどという絵が燃えてしまったら何が起こるかわからない。当主の譲治がかつて燃やそうとしたらしいが、それを皆で止めたという経緯もある。この状況はまるで、死んだ譲治が燃やした、とでも言いたげではないか。

昌平は何かを決意したように顔を上げた。

「あの……ご相談なんですが、夏川さん」

「はい、何でしょう」

映は焼けた絵をとりあえずイーゼルに立てかける。こんな有り様ではもう壁には飾れないだろう。

「しばらく、この屋敷に泊まっていただけないでしょうか」

「え……私たちが、ですか？」

雪也と顔を見合わせる。

「別に構いませんが……なぜですか？」

「僕たちだけでは、どうにも不安で……父の葬式は予定通り家族葬でこれから行いますが、またこの屋敷に戻ってきたとき……僕たちだけでは、怖いんです」

確かに、これだけ妙なことが続いては、平常心を保つことも難しいだろう。映たちにしたってここに泊まるとなるとあまりいい気持ちではないが、何だかんだでほとんど毎日ここを訪れているのだから面倒も省けて便利ではある。

「わかりました。では、今夜からこちらにお邪魔させていただきます」

「そうですか……助かります。本当にありがとうございます」

昌平はホッとした様子で微笑《ほほえ》み、映に頭を下げた。

「しばらくと言っても、数日で大丈夫です。そして、その後はもう、この絵の調査は結構ですから」

「え？」

「あ、いやいや、もちろん調査代はお支払いしますよ！　そうではなくて、その……色々なことがありましたから、一度中断していただきたいんです」

正確には、依頼人は兄の拓也《たくや》だが、頼んできた当の本人にこう言われてしまっては仕方がない。そこを何とか、とこちらが粘るのもおかしな話だろう。状況的に見て、呪いの絵がどうの、と言っている場合ではないというのも理解できる。何より肝心の絵が燃えてしまっては調査の必要があるのかどうか。

「それはもちろんよろしいのですが、本当にいいんですか？」

「はい……本当は、触れるべきものではなかったのかもしれません。正直、僕は反省しているんです」

「呪いの絵を調査させたせいで、今の状況になってしまったかもしれないと？」

そうは言いませんが、と昌平は力なく笑っているが、ほとほと疲れ切っている様子である。昌平だけではなく、この屋敷の者すべてが疲れていた。

去年の雄平の事件があり、それ以来何度か初鳥が血の涙を流し、更に譲治の事件、しかもその犯人は一美であり、そして初鳥が燃やされ——治樹が「もうこりごりだ」と出ていってしまうのも無理はない。

「これからどうなるんでしょうね」

一度ホテルに戻って荷物をまとめながら、雪也が呟く。

「これで依頼を解決したと言えるんでしょうか」

「言えねえけど、向こうが中断してくれって言ってんだし、仕方ねえんじゃねえの」

「夏川は納得しますかね？」

「わかんねえけど……まあ、大丈夫だろ」

「随分楽観的なんですね」

雪也はさも呆《あき》れたというように大げさなため息をつく。

「俺には、これ幸いとあなたを実家に引きずっていこうとする夏川しか見えませんけどね」

「そっちの『大丈夫』じゃねえよ」

「え？」

衣服をスーツケースに詰めていた手を止めて、雪也が振り返る。

「どういう意味ですか？」

「近いうちにきっと、初島の呪いの絡繰《からく》りを証明する機会が来る。俺たちがあの屋敷に泊まっているうちに……勘だけど」

「映さん、勘でものを言うのはやめて下さいよ」

「しょーがねえだろ、感覚的人間なんだ、俺は」

このままあのアトリエに乗り込んで、自分の推理を立証してみてもいいのだが、まだ何かが起こりそうな気がして、それを待ってみたい気持ちがある。

どちらにしろ、もう結構ですと屋敷を出される頃合いには呪いの絵のトリックは明かしておきたいが、まだ急ぐ時期ではない。

雪也と二人で再び澤乃内家を訪れると、すでに昌平たちの姿はなく、家政婦のともえと亜梨沙だけが残っていた。美緒は、一度病院から戻り、喪服に着替えていったのだろうか。彼女が少しでもショックから回復したのかが気がかりだ。

「昌平さんが、お部屋は一緒にするか別々にするかとおっしゃってましたが、どうなさいますか?」

二人を三階の客室の前まで案内したともえが問いかける。

「どちらでもこちらにはご用意がありますが」

「ええと……」

「何で迷うんですか、映さん」

雪也は少しムッとした顔で映を見下ろす。

映の頭の中には、傷ついた美緒を慰めていた雪也のあの光景が、無意識のうちに染み付いていてどうしても離れていかない。

「美緒さんとか……俺が一緒じゃ、訪ねてきづらいんじゃねえのかな、って」

「何を言っているんですか」

小声でやり取りをした後、雪也は勝手にともえに「二人一緒の部屋で」と伝えてしまう。

案内された部屋にはセミダブルのベッドが二つ。鶯色《うぐいすいろ》の壁に深緑の絨毯《じゅうたん》。照明やピカピカに磨かれた姿見の装飾までアール・デコのデザインで、客室の雰囲気もやはり大正浪漫《ロマン》そのものだった。

「映さん、何か勘違いしてませんか」

　雪也はスーツケースをベッドの脇《わき》へ転がすと、腹立たしさを抑えかねる様子で映の肩を強く摑《つか》む。

「俺たちはもう何でもないんです。昨夜は、ああいう状態だったから仕方なく……」

「わ、わかってるよ。わかってるけどさ……美緒さんの方は、どうなのかな、って」

「は……？」

　雪也の眉間《みけん》にキリキリと皺《しわ》が寄る。

「美緒が、何ですか？　美緒がもし俺にまだ気があるとしたら、あなたは身を引くと言うんですか？」

「い、いや、そういうんじゃねえけどさ。だってここ、美緒さんちじゃん。そこで、もし自分の好きな男が、他の奴と一緒の部屋だったら、気分悪いかなーと」

「そんなの関係ないですよ」

　そのとき階段を上ってくる音が聞こえて、ドアがノックされる。

「ご昼食はどうされますか？　ご用意できますが」

　映が答える前に、雪也が声を上げる。

「いえ、結構です。食べてきましたので。ありがとうございます。少し休みます」

　わかりました、ごゆっくり、とともえが答える。

「……まだ、食ってねえじゃねえか」

ともえの階段を降りて行く足音を聞きながら、映は怪訝《けげん》な顔をする。雪也は冷たい目で見下ろしながら、

「映さんは違うもので満足できるでしょう?」

などと行く末の想像できる発言をする。

さすがに映は顔が引き攣った。

「いや……お前、ここをどこだと……」

「大丈夫ですよ。今家政婦さんは追っ払いましたし、ご家族はお葬式でしょ? 三階ですから下までは声も響かないでしょうし、平気です」

「いやいやいや。学園のときも思ったけど、あんた何なの⁉ 見られたい願望でもあるの⁉」

「それは映さんの方なんじゃないですか?」

ほら、と後ろから映を抱き寄せ、丁度目の前にある鏡を指差す。

「そこに大きな姿見がありますよ。まるですべてを映して下さいとでも言うように、綺麗に磨かれて……」

「鏡はあんたと違ってそんな変態なこと考えてないし」

「そうですか? でもあなただって、こういうプレイもしたことあるんでしょ?」

一瞬言葉に詰まる。確かに鏡に映して云々《うんぬん》という経験はあるけれど、雪也が想像しているものとは多分違う。

（あー。雪也のせいで、またひとつ嫌なこと思い出した……）

最初の男に、懇切丁寧に説明されたのだ。鏡を見せられて。

こんな大きな鏡ではなかった。手の平サイズの、小さな折りたたみ式の鏡だ。

それを使って、「ここにこうして入れるんだよ」だとか「この角度だと楽に入るよ」だとかを、でんぐり返しのような格好をさせられながら、ペンを使って冷静に教えられた。

ここをこうすると気持ちいいとか、細かな場所を詳細に亘って解説されたせいで、自分でもいじるのが癖になってしまった。

その後、何人かにも鏡を見ながらのプレイはさせられたけれど、鏡で最初に思い出すのは、まだ何も知らなかった、純粋な好奇心だけで遊んでいた、あの頃のことだ。

兄の友人の、あの男。今はどこで何をしているのか。

「……雪也、こういうの好きなのか」

「あなたとすることなら何でも好きですよ」

「じゃあ、たまにはタチやらせてよ」

「それは却下です」

だめ元で言ってみたがやっぱりだめである。

ベッドに腰掛け、膝《ひざ》の上に映を乗せて、雪也の手が後ろから縦横無尽に這《は》い回《まわ》る。

「ほら、映さん、見て下さいよ、映さんのおっぱい」

「おっぱい言うな」

着物をはだけて胸を露出させられる。そこを撫《な》で回《まわ》す雪也の手はなんて大きいんだろうと思う。

「こうやって上をさらっと撫でるだけで……ぷくっと勃《た》ったの、わかりますか？」

乾いた指の腹でするりと乳首の上を撫でられると、そのささやかな刺激で乳頭は勃起《ぼっき》する。そんな体の反応をいちいち鏡を見ながら実況中継されて、映はむず痒《がゆ》さに体を捩《よじ》る。

「仕事で来てる家で、何やってんだよ……」

「だめ。逃げないで下さい。長引かせると、昌平さんたちが帰ってきちゃいますよ」

映を羽交《はが》い締《じ》めにして、後ろから強引に唇を奪う。こうして少し力ずくでされるだけで、同じ男なのにまったく敵《かな》わないことを痛感させられる。そしてそのことに倒錯的な悦《よろこ》びを覚えてしまう。

乱暴にされるほど感じてしまう自分の性癖を見て見ぬふりをしている映だが、こうして逞《たくま》しい腕にきつく抱き締められているだけで、胸が熱くなるのを感じ、自分の性《さが》を自覚する。

「ほら……赤く色づいてきましたよ」

口を吸われながら、太い指で優しく乳頭を転がされる。いつも散々いじくられているせいで、映の乳首は少しぽってりとしていて通常の男性のものより膨らんでいる。そこを引っ張ったりこねられたり揉《も》まれたりすると、たまらずに腰が震えてしまう。

「は、ああ、雪也……」

「可愛《かわい》いおっぱいですね、映さん……」

「だから、おっぱい言う、ん、ふ、ぅ」

深く唇を合わされて、執拗《しつよう》に舌を絡められる。

くちゅくちゅと音を鳴らして長いキスを交わしながら、乳首を散々にもてあそばれていると、じわじわと下腹部に熱が溜《た》まっていってしまうのがわかる。

「ん、ふう……、ん……、も、いいよ、雪也……」

「いいって、何がですか？　お尻《しり》にいたずらしていいってことですか？」

「だ、だから、胸、しつこ過ぎるって言ったんだよ」

「だって、映さんが気持ちよさそうにしてるから……ほら」

キスをされながら胸をいじられていただけなのに、帯の下の着物が膨らんでしまっている。それを姿見で見せつけられると、さすがに恥ずかしくて顔が赤くなった。

「ほんと、あんたって変態……」

「お互い様でしょ？　ねえ、映さん」

膨らんだ場所を軽く撫でられて、あ、と甘い声が漏れてしまう。尻の下にある雪也のものも固くなっていて、それが丁度尻の谷間に擦《こす》り付《つ》けられ、映はその感触だけで軽くイってしまいそうになる。

「腰が揺れてますよ。欲しいんですか？」

「ばか……自分だって、ギリギリなくせに」

「バレましたか」と雪也は笑って、映の着物の裾《すそ》を割り、下着をするりと抜いてしまう。

そして足袋《たび》だけになった脚を大きく抱え上げ、そこを丸出しにした状態で姿見に映した。

「間抜けな格好……」

「ここ、しばらく自分じゃ見てなかったんじゃないですか？　本当に毛がないんですね、あなたは……」

窄《すぼ》まった淡い色の場所から会陰《えいん》をなぞり、双丘を柔らかく揉み、ゆるく勃起した陰茎の裏筋を軽く擦る。

「最初は、いつもパトロンに剃《そ》られてるのかと思ってたんですが……手入れしている様子もないのに、一向に生えてきませんね」

「元々、薄いってのもあるけど……多分、もう生えねえよ」

「わざわざ、脱毛エステでも通わされたんですか？」

さすがにそう露骨に口にされると、自分がひどく馬鹿なことをさせられたように思って、頬が熱くなる。

「今、流行《はや》ってんじゃん。ＶＩＯ脱毛とかさ」

「女性はね。男性は普通、お仕置きくらいでしか無毛にはされませんよ」

「あんたも、やってみたら？　ファスナーに挟まったりしないし、快適だよ」

「嫌ですよ。このフサフサは俺自身を飾らなくてはならないものです」

「フサフサ言うな。どっちかっつーとモジャモジャだろ」

軽口を叩《たた》きながら、潤滑油を丹念に窄まりに塗り付ける。そしてぬるりと指が入ってくると、映は無意識のうちに締めつけ、熱い息を吐く。鏡には、脚を大きく開かされて尻に指を入れられて、気持ち良さそうに頬を上気させている年齢不詳の男が映っている。

「やっぱり、こうして鏡で見ていると卑猥《ひわい》ですね……ほら、俺の指に絡み付いてるのがわかるでしょ？」

「ん……あんたの指が、やらしい動きしてる」

最初から二本の指がねじ入れられ、ゆっくりとそこを解《ほぐ》している。すでに慣れ切っている映のそこはそうして少し刺激されるだけですぐに柔らかくなり、従順に男の指を受け入れる。充血した粘膜が指の動きに合わせてうねるのが露骨に見えて、秘《ひそ》かに唾《つば》を飲む。

「気持ちいいですか、映さん……」

「ん……、うん……気持ちいい……」

雪也は、鏡の中の映に向かって聞いている。映も、鏡の中の雪也を見つめながら答える。

「ここ、好きなんですよね……この膨らみ」

「ふうっ……、ん、ふ……、うん、好き……」

巧みな指が、感じて膨らみ始めたそこをコリコリと優しく転がす。そうされるともう、映はなし崩しだ。時折抱え上げられた脚の指先がピクリと震え、快感を訴えてしまう。その様を見て、雪也が息を荒らげている。

「なんか、足袋だけ穿いてるのも、エロいですね……夏なのに、裸足《はだし》じゃだめなんですか?」

「裸足は、着流しとかじゃねえ、と……着物着てたら、足袋は、穿く……」

「へえ……足袋って、ちょっとフェチっぽくていいな……映さんが身につけてれば、何でもエロくなるか」

雪也はゆっくりと指を増やしながら映の粘膜を撫でている。そうする間も、鏡の中の映の肢体を食い入るように見つめている。そのギラついた視線が怖い。怖くて、興奮する。

(あ……もう、あんな拡《ひろ》がってんのか……)

目を閉じて快楽に浸っている間に、すでにそこはとろりと蕩《とろ》けて、貪欲《どんよく》に雪也の指に吸いついている。たっぷりと塗られた潤滑油が内股《うちまた》や会陰まで汚してぬらぬらと光る様が淫《いん》靡《び》だ。我ながら、何という痴態だろう。

「もう、いいかな……もう、入れていいですか、映さん」

荒い息の合間に伺いを立ててくる雪也に、映は小さく頷いてみせる。

慌ただしく前を開けると、勢いよく飛び出したそれは完全に勃起して先走りまで滲《にじ》ませている。鏡プレイでよほど興奮したのだろう。性急に自《みずか》らに潤滑油をたっぷりと塗りたくり、軽々と映を抱え上げ、そこに宛《あ》てがう。

「入れますよ……映さん」

筋を浮き立たせて怒張したものが、ゆっくりと尻の合間に埋没していく。ぐぷ、くちゅ、と濡《ぬ》れた音をさせて大きな亀頭《きとう》を呑み込んでいく様に、映は大きく胸を上下させて見入っている。

「はあ……あ……」

ぐぽりと鈍い音を立てて先端が収まる。そこからゆっくりと反り返る逞しい幹を呑み込んでゆく。拡張された括約筋の鋭い刺激に、肌が震えて火照《ほて》っている。

（あんなもん……よく、入るよな……つくづく……）

「あ……、ひっ……」

いい場所を張り出した笠《かさ》でごりりと抉《えぐ》られて、映はビクビクと痙攣《けいれん》して射精した。床にパタパタと精液の落ちる音がする。目の前が真っ白になり、我に返ったときにはひどく汗をかいていることに気づく。

挿入されて達すると、普通に前を刺激してイくよりも全身が熱く痺れて、いつまでも射精が終わらないような感覚が残る。射精の快感にぎゅうぎゅうと中を締め付けて、雪也の形を如実に感じてしまう。

「あはっ……結構出ましたね……」

「ん、ふ……この、体勢……変なとこ、当たる……」

「でも、気持ちよかったんでしょう?」

雪也は面白がって、映の敏感な場所で止め、そこばかりを細かく揺らして刺激する。

「あっ、はあっ、や、あ、だめ、だめ、だって……っ」

「だって、映さんが可愛いから……、ね、いいなら、いくらでもイって下さいよ……」

「んうっ、そこ、ばっかり、いやぁ……」

剝き出しの快楽の神経を直接揉み解されているような絶頂感に、映は目を白くして仰《の》け反《ぞ》る。

「んっ、ひ、いぃ、うっ、はう」

ごりゅごりゅとしこりを擦られる音が直接頭に響いてくるような、逃れようのない強烈な快感。汗が噴き出すのがわかる。気を抜けば大声を上げてしまいそうで、必死で唇を噛《か》む。理性が崩れてしまいそうになるのを懸命にこらえる。

（あっ、だめ、だめ、また、出るっ……）

「ううっ、ふううっ！」

間髪容《い》れず、再びビュルルッと勢いよく精が飛ぶ。今度は姿見まで汚し、それを見て雪也は喜んでいる。

「すごいですね、映さん……こんなに飛ぶなんて」

「ん、う……も、やだ……めちゃくちゃだ……」

「いいですよ……もっとめちゃくちゃになったあなたを見せて下さい」

「へ……、いや、あ、あうぅ」

ずん、と奥まで突き入れられる。手足の先まで絶頂の痺れが走り、足袋の爪先《つまさき》が面白いように痙攣する。

「は、あ、ぁ……ふ、深いぃ……」

「深いの、好きでしょう？　奥を、こうされるのが……」

「あ、あっ、あひ、あ、はあっ、あ、んあっ……」

雪也は奥まで挿入したまま、ぐぽぐぽと曲がり角の奥にはめ込んでくる。最も敏感で柔らかな場所を立て続《つづ》けに責められて、激しい刺激に目の前に火花が散り、映は涎《よだれ》を垂らして底なしの法悦に溺《おぼ》れ続ける。

「はあっ、はあっ、ひ、ああっ、ひぃ」

「ああ、可愛いなあ……こんな映さん、俺しか見られないんですよね……最高ですよ……」

雪也はうっとりと呟き、映の耳の中を荒い息で執拗にべろべろと舐《な》める。熱に浮かされたような声で、甘く囁き続ける。

「映さん、映さん、ほら、見て……こんなに入ってる。こんなに拡がってる。ねえ、すごいですね、映さん……」

結合部からは掻《か》き回《まわ》されて白く泡立った潤滑油がこぽこぽとあふれ、雪也の形に拡げられたそこは嬉しそうに太いものに絡みついている。

「こうやって拡げられるの、好きですか？　奥まで入れられるの、好き？」

「んっ……、うん、好き……、好き……」

「こんなになってるのに好きなんですか？　大きいのがいいの？」

「う、ん……、おっきいの、好き……、は、あ、雪也の、好きっ……」

映の言葉に雪也が明らかに興奮し、息が乱れ、陰茎をますます固くするのがわかる。

言わされているはずなのに、鏡を見ながらしていると、本当に自分がそういうひどく淫《いん》乱《らん》な男に思えてくる。

（すげえ。催眠術、みたいだ……）

人を操るとき、こういう方法が実際に存在するんじゃないかと思えるほど、鏡の中を覗き込みながらの会話は、頭に直接刷り込まれてゆくものがある。

大きなものを突っ込まれてよがっている淫乱な自分。男に好きなようにされて喜んでいる自分。全部、見たくないものだったはずなのに。認めたくないものだったはずなのに。

(俺、すんごい格好……いつも、雪也にこんなことされてんだ……こんな、大人と子どもみたいに差があって……あんな、でっかいの入れられて……)

のしかかられる重みに、抱き締められる腕の力強さに、体格差はわかっていたつもりでいても、やはり鏡で見ると感覚がまるで違う。

雪也は欲望丸出しのオスの顔でガツガツとひたすら貪《むさぼ》っている。その荒々しさが怖い。でも、野性的であればあるほど、興奮する。めちゃくちゃにされたい気持ちになる。

鏡の中の映は与えられる快楽を一滴も逃すまいと、全身で男に縋りついている。いつも無意識にしている行為が、とんでもなく媚《こ》びを含んでいて淫靡なものに見える。

(俺の顔……女だ。美緒さんが言ってたみたいな……甘ったるい女の匂《にお》いのする、女……)

雪也に全身を投げ出して、甘え切って、すべてを委《ゆだ》ねている、受け身の存在。前で揺れているものを除けば、本当に女に見えてしまうような。

それでも、映は男だった。女のように抱かれて悦んでいる、歪《いびつ》な男。

「映さん、映さんっ……」

額に汗を浮かべて、無我夢中で動く雪也。必死で唇を求めて、たくさん名前を呼んで、全身で溺れている雪也。その様子をはっきりと鏡の中に見つめながら、映の胸は高鳴っている。

（可愛い、雪也……番犬のくせに、可愛い……）

雪也に結婚という言葉を出されて、一瞬甘い夢に酔った。けれどその直後、あの病院での二人を見て、これがあるべき姿だと思った。やはり、夢など見るものではないと。

それでも今、これは、自分のものだ。強くそう思う。誰にも渡さない。この男は、自分だけのもの。

「はあっ、ああ、映さんっ……」

雪也の声が切羽詰《せっぱつ》まっている。

「あ、あ、俺も、そろそろ、出したいです、映さんっ」

「んっ、う、中、中だめだ、飛び散るから、絶対、だめっ……」

「じゃ、こうしましょう」

雪也は自分のタオルハンカチを取り出して映の先端にかぶせて結わえてしまう。

「後で、洗えばいいです」

「あ、あんたが、中で出さなきゃいいのにっ……」

「映さんから離れたくないんです……ずっと入っていたい」

などと勝手なことを言って、雪也は盛んに動き始める。奥を立て続けにどちゅどちゅと突き上げられて、映は悲鳴のような声を上げてしまいそうになり、慌てて袂を嚙んでこらえた。

「はあっ、ああ、その、噛んでるの、いいですね、映さんっ……」

「んっ、ふっ、んうっ」

「やらしい顔……最高に燃えます……ああ、たまんねえ……」

（好き放題、やりやがって〜！）

　こちらは声を出さないように必死だというのに、雪也はいちいち喜んでますますペニスを大きくしている。

　ただでさえ大きなものが更に膨らみ、限界ギリギリまで拡張された括約筋がビリリと痺れるような快楽を叫んでいる。目も眩《くら》むようなオーガズムに意識が飛びそうになるのを懸命に繋ぎ止めながら、それでも映は雪也を陶然として味わっている。

「はあっ、はあっ、ああ、出る、出ますっ……」

「んっ、うっ、ふっ、んんっ……」

　雪也が大きく震え、びゅくびゅくと中で大量の精液がこぼれ出るのがわかる。同時に映の体も痙攣し、びゅる、と潮《しお》を噴いてしまうのがわかった。

「はあ、はあ……」

ようやく袂から口を離し、絶頂後の気怠《けだる》い快感に酔う。腸壁がうねって雪也の精を最後まで搾り取る。腹の中にじわりと滲む粘液が次第に下へと流れてゆく感覚がたまらない。

そして相変わらず、雪也は一度出しただけでは収まらない。勃起したままのものをゆるゆると動かしながら、愛《いと》おしげに映の唇を舐める。

「ああ……あなたは本当に最高ですね、映さん……」

「あんた……元気過ぎるよ……若い頃はどんだけだったんだよ……」

「若い頃はこんなんじゃなかったですよ。あなたみたいな人、いなかったですから」

「また、俺のせいにして……」

二人は鏡の中で見つめあいながら、夢中で口を吸い合って、ここがどこだかも忘れたように長々と愛し合った。ぽってりと充血したそこからは何回も出された精があふれてこぼれ出し、ひどい有り様になりながら、雪也の気が済むまで、ずっと抜かずに交わり続けた。

行為の後、映のものを包んだタオルハンカチはびしょ濡れだ。動けなくなった映に代わって、雪也が甲斐甲斐《かいがい》しく後始末をしたり床やベッドを掃除したりしていて、ふと、眉《まゆ》をひそめた。

「……映さん」

「ん……どうした?」

「あそこ……ずっと開いてましたっけ」

え、と気怠く顔を上げてドアの方を見ると、屋敷が古いためか最初からそうだったのか、部屋のドアが僅かに開いている。二人は一気に青ざめた。

「な、な、何で気づかねえんだよ……」

「だ、だって、俺は鏡の中の映さんしか見えてなくて……」

さすがに雪也も少し動揺している。屋敷にまだ澤乃内家の人々は帰ってきていないとは言え、ともえも亜梨沙もいるのだ。治樹が急に戻ってくる可能性もあった。

「どーすんだよ……抜かずの三発やってる間中、ずっと開いてたのか、あれ……」

映は鏡プレイに夢中になっているところを見られていたかもしれない衝撃に呆然《ぼうぜん》とした。ともえに見られても嫌だが、亜梨沙に見られたらもっと嫌だ。

「まあ……大丈夫ですよ。なんせご当主が公然とお盛んなお屋敷でしたし」

「いや、そういう問題じゃねえだろ……」

「もうすぐ帰るんですから、平気です。旅の恥は掻き捨てって言うじゃないですか」

雪也はすぐに冷静さを取り戻していた。

だが、もしもこれが最後の悲劇に繋がることを知っていたら、反応はもっと違っていただろう——。

＊＊＊

夕方、澤乃内家の面々は帰ってきた。

喪服を脱いで普段着に着替え、映と雪也は初めて食堂に通され、皆と夕食を共にする。

「いや、本当に夏川さんたちがいて下さって助かりました」

今や一人きりの男となった昌平が、美緒に半ば無理矢理、家長の席に座らされ、その隣に奈美恵、美緒、そして向かいに映と雪也が腰掛ける。

「そう仰《おっしゃ》っていただいても、私どもは何もしていませんが……」

「ここにいて下さるだけでいいんです。やはり、僕たちだけでは暗くなってしまうから」

昌平に続いて、美緒も頷く。

「そうね。本当にそう。今日も式場で皆無言だったわ。お葬式だから仕方ないけど、本当に、色んなことがあり過ぎたんだもの」

「そうよねえ……。まったく、治樹はどこへ行ってしまったのかしら。こんなときだからこそ、いて欲しいのに……」

奈美恵も息子が出ていってしまったためか憔悴《しょうすい》した顔をしている。昌平も美緒も、父が母に殺され、母は現在病院だが数日後には逮捕されることになる。兄は去年亡くなって、家族は実質二人きりとなってしまった。

そんな暗い空気を吹き飛ばそうとしてか、今夜はともえと亜梨沙が腕を振るっていつもよりも豪勢な食事を作ったようだ。アスパラとサーモンのマリネ、ホタテのポワレ、ビシソワーズ、子羊のローストに、牛肉の赤ワイン煮込み、甘夏のシャーベットに濃厚なカタラーナ。

「ともえさん、今日はすご過ぎない？　もうお腹《なか》いっぱい！」

美緒はそれでもすべて完食してともえに礼を言う。

「皆様、お疲れでしょうから少しでも元気になっていただきたくて」

「本当に腕を上げたと思うわ。一流のフレンチレストランに来たみたいね」

奈美恵も満足そうに食後の紅茶を飲んでいる。

お疲れでしょうから、の一言に映は内心「これは含みがある言い方か？」とビクビクするが、ともえはただにっこりと微笑んでいるだけだし、亜梨沙もいつもと変わらず穏やかに給仕をしている。

誰にも見られていないのだろうか。それだったら、どんなにいいことか。

「さて……皆さん、今日は早く寝ましょう。僕は一応明日も休みをもらっているけれど……頑張らなくちゃいけないのはこれからですからね」

昌平は前向きな表情で皆に語りかける。この分だと屋敷に滞在する期間もさほど長くはならなそうだと映は思った。

その晩は事件とは関係のない話に終始して、皆銘々の部屋に戻っていった。

平和な夜が訪れた。静かな静かな、青い夜だった。

――そして、翌朝。

まだ外も薄暗く、日の昇り切らない早朝。

けたたましい叫び声に、映も雪也も飛び起きる。

「な、な、何だ⁉」

「今の……外でしたよね」

一瞬で眠気の覚めた二人は顔を見合わせる。

「またアトリエか⁉」

昨夜も性懲《しょうこ》りもなく抱き合っていたので慌ててわたわたと服を着て、二人は屋敷の外へ飛び出す。

するとドアを開け放したアトリエの前には、すでに屋敷に残っている全員が揃《そろ》っていた。皆、寝間着姿のまま、慌てて起きてきた体《てい》だ。

「ど、どうしたんですか……」

誰もが色をなくして立ち尽くしているばかりで、何も言わない。

映と雪也は、皆の視線の先を恐る恐る覗き込む。

（……初鳥が……）

映は目を瞠《みは》った。

昨日映がイーゼルに立てかけておいたそのままの位置に、初鳥はあった。

だが、あの焼けただれた姿ではない。

「これが……血の涙」

雪也が呆然と呟く。

そこには、焼けて壊れた額縁の中に、両目から血の涙を流す、美しく完全な姿のままの『初鳥』があったのである。

「一体、何なのよ」

美緒が恐怖を通り越して怒りに震えている。

「何でこの絵は、こんなにあたしたちを振り回すのよ！」

「美緒、落ち着け」

「いやよ！」

なだめる兄の腕を美緒はヒステリックに振り払う。

「もうたくさん。いいわ、あたしもこんなところ出ていってやる。こんな目にあうのはもうこりごりよ！」

今にも屋敷を飛び出していきそうな美緒に、誰もどうすることもできずに黙り込んでい

る。恐らく誰もが、少なからず美緒と同じ心境になっているからだろう。

「……誰が最初にこれを?」

沈黙を破って映が訊ねると、奈美恵が「私よ」と低く呟く。

「寝苦しくて……少し歩けば眠れるかもしれないと思ったの。それで……あの燃えた絵はもう捨てられたのかしらと思って、ちょっと覗いてみたら……あれが……」

「なるほど」

映はおもむろにアトリエに踏み込み、血の涙を流す初烏を無造作に手に取った。額縁ごとひっくり返し、トンボを外して裏板を取り、キャンバスだけを中から取り出す。

呪われた絵に平気な顔で触れている映に、皆が呆気にとられている。

「な、夏川さん……? 一体何を……」

「見て下さい。綺麗なキャンバスですね。裏の木枠もまったく燃えていない」

その言葉に、雪也はハッと何かを理解した様子だ。

「そうか……それじゃ、燃えた初烏は……」

「多分あの中じゃないか。上から別のキャンバスを被《かぶ》せておくなり何なり、一目でわからないようにしてあると思う」

「探してみますか」

雪也もアトリエに踏み込み、キャンバスの積んである棚に手をつけようとする。

「ち、ちょっと待って下さい！」

　慌てた様子で昌平が制止する。

「一体どういうことなんですか？　探すって、一体何を……」

「だから、燃えた初鳥ですよ」

　映の言葉に、屋敷の面々は首を傾げている。

「今、それを証明しますから」

　映は雪也と共に、積み重なったキャンバスをひとつひとつ確認していく。時間をかけて探してみても、見つからない。

（どうしてないんだ……。絶対に、ここにあるはずなのに）

　ふいに、映は壁にかかったいくつかの額縁へ目をやった。——あっちか。

「雪也、壁のやつも」

　雪也に指示して、壁にかかっている額縁も取り外し、そして裏のトンボを外して中を改める。

「映さん！」

　急に、雪也が声を上げた。映が駆け寄ってみると、裏板が外された額縁の中で、焼けただれた木枠が露出している。

「これか……」

キャンバスを取り出し、上に被さったものを外してみると――。

「……ありました」

映は、ほうと息をつき、イーゼルに立てかけられた絵の横に、焼けただれたキャンバスを並べてみせた。

「見て下さい。初鳥は、最初から二枚あったんです」

あっと声にならない声が皆から上がる。

そこには、そっくりそのままの絵が双子のように並んでいる。

違う箇所は、一方は一部が炭化するほどに焼けて、もう一方は血の涙を流していることだけだ。

「何で……？　一体、どうして……」

美緒が信じられないという顔をして呟く。

「誰かが、額縁の中の絵を入れ替えていたんです。なかなか大胆ですね。普段、血の涙のある初鳥は隣の額縁の中にひっそりと収まっていた。まさか、誰もここに同じような絵が二枚かかっていたとは思わないでしょう」

「誰が、こんなことを……どうして……」

奈美恵も愕然とした面持ちで棒立ちになっている。同じ絵が、二枚存在していた。初鳥が、エリカが血の涙を流していたのは呪いのせいなどではなかったのだ。

「この中に誰か、雄平さんの意志を継ぐ方がいるはずなんです」

映はぐるりと一同を見渡した。そして、ある一人の人物に目を留める。

「……そうですよね。昌平さん」

昌平の顔色は蒼白《そうはく》だ。

皆の視線が集まるが、昌平は黙ったまま前を見据えている。

「何となくですが、最初に思っていたんです。売れない画家として死んでいった雄平さん。その遺作が、呪いの絵として騒がれている。……もしもこのことが世間に知れたら、初鳥は、雄平さんの名は、一気に世間に広まるでしょう。たとえ呪いの絵を描いた画家としてでも、彼は無名から有名になる……もしかすると、それは故人の意志だったんじゃないか？　ってね」

昌平は黙ったまま映の言葉を聞いている。自ら語り始めるまで待ってみよう。そう考えながら、映は喋り続ける。

「でもまさか……そのときは、そんな考えは馬鹿げていると思っていました。けれど、この二枚の絵がある以上、最初に浮かんだその考えは正しかったんだと思えます。だって、これらを描いたのは、紛れもなく雄平さん本人なんです。雄平さんの模写の腕は天才的だった。しかも自分自身の絵ですから、彼がほぼ同じ絵を二枚描くことは朝飯前でしょう。そしてこれらを描き上げた後、誰かにこのトリックを指示して、後を託した……」

「ちょっと待って！」

美緒が鋭く声を上げる。

「それじゃ……それじゃ、まさか雄平兄さんは……」

美緒の言わんとすることを察して、映は頷く。

「私は、雄平さんは自殺だったのではないかと思います。他殺に見せかけて、自分で毒を飲んだのだと……」

「そんな馬鹿なことってあるかしら」

奈美恵が横から声を上げる。

「自分が有名になりたかったから、名を世間に広めるために、そんな細工をして自殺した……？　嘘よ、そんなわけあるもんですか！」

強い憤りが奈美恵の表情を覆っている。甥《おい》とは疎遠に見えた奈美恵だが、やはり情はあったのか、怒りに顔を真っ赤にして捲《まく》し立《た》てている。

「死んで何になるの？　たとえ名前が知れ渡ったって、自分が死んでちゃ意味ないじゃないの！　馬鹿なことを言わないで頂戴《ちょうだい》！」

「いいえ」

冷静な声が奈美恵を遮る。

「いいえ……馬鹿なことなんかじゃありません。兄さんは……自分が生きていることよりも、名声を選ぶ人でした。望んでも望んでも得られなかった、名声を……」

「昌平さん……？」

目を丸くする奈美恵に、昌平は乾いた笑みを向ける。

「治樹君は……すごいですよね。何にも努力してないのに、遊びで描いた絵で有名になっちゃって。今はネットが強いから、ＳＮＳでちょっと描いてそれが話題になればトントン拍子、なんてことがあり得るんでしょうけど……兄さんは、地道に努力をしてましたよ。努力して、努力して、努力して……でも、少しも有名にはなれなかった」

息子の名前を出されて、奈美恵は黙り込む。以前、『この子は器用で何でも軽くやってしまうんですの』と、昌平の前で笑っていたのを思い出したのかもしれない。

「兄さんは、昔は天才だって言われてたんです。美大での成績もよかったって聞いてました。僕も、兄さんを誇らしく思っていた。兄さんはきっと日本一有名な画家になるんだろうな、って。だけど、現実はそんなに優しくなかった。学校を出た後の兄さんが画家として食べていくには……多分、いちばん足りないものは『運』だった」

ふいに、昌平は顔を上げて真っ直《ま》ぐ《す》に映を見つめた。

「夏川さん。実はね、僕、夏川さんが天才日本画家だって、知ってたんですよ」

「へっ」

思わず間抜けな声が漏れる。

「だって、兄さんの絵を調べさせる探偵さんのことですもん。ちゃんと調べました。そしたら……出るわ出るわ、すごい賞の数。すごい経歴。すごい家族。あなたこそ、天才っていう人でした」

うんうん、と雪也が隣で頷いている。映はいたたまれない。

「だけど……あなたは、ある日ぱったりと絵をやめる。あんなに恵まれた才能がありながら、素晴らしい環境がありながら、突然、絵を描くことをやめてしまった」

どこか恨むような響きがある。昌平の目は明らかな批難を込めて映を見ている。

「きっと色んな事情があるんでしょう。何もかもに恵まれていたって、それを自らが望んで得たものかどうかなんて、その人本人にしかわからない……。だけど、きっと兄さんはあなたのような力のある人が、そして治樹君のような運のある人が、羨《うらや》ましくて、憎くて、仕方なかったと思います。あなたには他にも色々な才能があるんでしょう。治樹君もそうです。でも、兄さんには、絵しかなかったから」

映は何か声をかけようとするが、結局何も言えずに言葉を呑み込む。

(『恵まれた』ものすべてを捨てた俺には、何も言えないよな……)

昌平はきっと他人の心情を理解することに長《た》けているのだろう。共感する力が強いのかもしれない。まだ出会って間もない映のことも思いやりながら、兄のこともよく理解している。優しいからこそ、人の業《ごう》まで背負い込んでしまうタイプだ。

「兄さんは元々、生きる意志の乏しい人だったのかもしれない。それこそ、絵のためだけに生きてきたのかもしれない。四十を超えて、まだ芽が出なくて……その間にも、若い新進気鋭の画家はどんどん出てくる。兄さんは、追い詰められていたんだと思います」

「昌平さんは……雄平さんのそういった悩みを、いつも聞いていたんですか?」

映の問いに、昌平は首を横に振る。

「いつも聞いてあげられていたらよかったんですけどね……僕は、この家から逃げ出してしまった。この家の空気があまり好きじゃなくて……僕が家にいてあげていれば、兄さんもこんなことはしなかったかもしれないのに」

「じゃあ、雄平さんの自殺を知ったのは……」

「僕の一人暮らししていたマンションに、兄さんの遺書が届いたんです。兄さんの葬式を終えて、僕がマンションに一度戻る頃に……」

「嘘……」

美緒が目を見開いた。

「何で黙ってたのよ、昌平兄さん!」

「他の誰にも言うなと、書いてあったからだ」

「だからって……!」

美緒の厳しい眼差《まなざ》しに、昌平は悲しげな顔をして下を向く。

「確かに、兄さんはこの初烏の細工を僕にすべて託した。自殺だということも他の誰にも言うなと書いてあった。でも、誰かに殺されたと見せかけたのは、兄さんの最期《さいご》の優しさだと、僕は思った」

「優しさ、ですって……？」

「だって、自殺だと知ったら、苦しむのは誰？　いちばん近くにいた家族なんじゃないのか？」

美緒はハッと息を呑む。映にも、昌平の言いたいことはわかった。

「きっと、どうして苦しみをわかってあげられなかったのかと、母さんや美緒は悲しむ。でも、誰かに殺されたんだとしたら、そのまだ見ぬ犯人を憎むことができる……。どっちにしろ、兄さんが死んだという事実を皆は嘆くけれど、よりやり切れないのはきっと自殺の方だ。家族は皆、自分を責めるだろう。それよりは、いもしない犯人を憎んだ方がいいって……そう思ったんじゃないか」

「あたし……わからないわ」

美緒の頬にこらえきれない涙の雫《しずく》が落ちる。

「あたしはただ、真実が知りたかった。もちろん、知らない方がよかったってこともたくさんあると思う。それでも、あたしは本当のことが知りたい」

「美緒……」

「もしも兄さんが初鳥を入れ替えていたんだとしたら……どうして、あのオヤジが死んだときにまでそんなことをしたの？　ママが犯人だってことを、兄さんは知っていたの？」

妹の涙ながらの追及に、さすがに昌平はたじろいだ。

けれどすぐに、観念した様子で、苦々しく頷く。

「母さんは……きっと僕のことは言わずに、警察に話をしているだろう。でも、アトリエまで父さんの遺体を運んだのは、僕だ」

「昌平兄さんが⁉」

美緒が叫ぶ。奈美恵も家政婦たちも、信じられないという目をして昌平を凝視している。

「僕は、見たんだ。母さんが父さんの部屋にコーヒーを持っていって、それを飲んだ父さんが苦しみ出して……母さんがじっとそれを見つめていたのを」

これには映も驚いた。もちろん、譲治のあの死体の状況が誰かの細工したものであるとはわかっていたが、昌平だと決めつけていたわけではなかった。

「父さんが死んだ後、母さんは呆然としていた。僕は、見ていたのに何もしないなんて、できなかった。そのときに、呪いの絵のせいにすることを思いついたんだ。父さんの遺体をアトリエまで運んで……父さんの飲んだカップもテーブルに置いて、兄さんのときと同じような演出をした。初鳥の入れ替えも加えて……母さんと口裏を合わせて……」

「そんな手間をかけなくたって、ママはあっさり捕まっちゃったわ」

美緒は涙を拭《ふ》いて、呆れたように兄を見やる。

「そんなことするよりも、もう少し早くその部屋に行って、ママを止めてくれていればよかったのに……」

「……そうだね、ごめん」

「謝らないでよ。……全部あたしのせい」

昌平は驚いた表情でかぶりを振る。

「何言ってるんだ。美緒のせいなんかじゃ」

「あたし、昌平兄さんよりも先に、様子のおかしいママを見つけてた。あのとき、あたしが声をかけていたら……そうしたら、ママは人殺しになんかならずに済んだのに……」

「……美緒……」

「ママ……ごめん。昌平兄さん、ごめん……父さん、ごめ……」

昌平が美緒を抱き締める。兄妹《きょうだい》は抱き合って泣いていた。

(曰《いわ》く付きの絵としてでも、名を上げたかったのか……)

映には、その心はわからない。あの雄平の自画像を見れば、元々神経質な性格であったろうことは想像がつく。彼は長年アトリエにこもり、評価もされぬまま生活のために贋作を描き続け、少しずつ、心を蝕《むしば》まれていったのではないだろうか。

昌平は優しい弟だった。その優しさが兄の意志を受け継いで呪いの絵を完成させてしまった。命をかけてまでの兄の頼みを、昌平はとても無視することはできなかったのだろう。

どうすることが正しかったのか、映にもわからない。

ふと、亜梨沙が不安げに呟いた。

「これで……全部、解決したん、ですよね」

はたと皆が亜梨沙を見る。

「何も、わかってないことなんて、ないんですよね……」

「あ……、そういえば、結局あの『エリカ』って女はなんだったのかしらね」

ともえが思い出したように首を傾げる。

「つまり、何にも関係ないモデルさんだった、ってことなのかしら」

「そういえば……そうですね」

家政婦たちの疑問に、昌平も少し不安げな表情になる。

「でも、警察が捜しても全然見つからなかったのは、なぜなんだろう」

「そんな女、見つかりっこないわよ……」

奈美恵が重々しく呟き、肩を竦める。

「こんな女、もう存在しないんじゃないの。『エリカ』なんて」

「叔母さん……何か知ってるの？」

どこか捨て鉢になっている叔母の様子に、美緒が怪訝な目を向ける。

「まあ……そうね。あなたたちの話を聞いていたら、なんだかもう、どうでもよくなってきちゃったわ」

奈美恵は吹っ切れたような顔で、並べられた二つのキャンバスを眺める。

「初鳥のこの女は、もういないのよ。だってその女は、昔の私なんだもの」

エリカ

皆が口を開けて唖然《あぜん》としている中、一人だけ、映《あきら》が「あっ」と大きな声を上げる。

「ど、どうしたんですか。映さん」

「そうか……そうだ、確かにそうだ。どこかで見たことがあると思ってたけど、エリカは奈美恵《なみえ》さんに似てたんだ」

「あら……こんなデブのおばちゃんになっても、似てるなんて思ってくれるの？」

「そうですよ！」

映はらんらんと光る目で初烏《はつがらす》のエリカと奈美恵を交互に見比べた。

「その分厚い脂肪とたるんだ皮で骨格が曖昧《あいまい》になっていましたが、目鼻立ちはそのままです。あーあ、どうして気づかなかったのかなあ。化粧の違いと太ってる体型だけで惑わされるなんて……。そうだ、過去の人物を描いたって可能性もあったのに、俺は今あの若い女のままだと思い込んでた。とっくにババアになってるかもしれないって考えてなかったんだ。あー、俺もまだまだだなあ」

「あ、映さん……」

悔しがって地団駄《じだんだ》を踏む映は、自分の恐ろしい失言に気づいていない。

けれど、奈美恵は特に怒った様子もないようだ。

「ふっふ。まあ、いいわよ。その通りだわ。おかげ様でだあれも気づきやしない。モデル本人が、こんな近くにいるっていうのにね」

「叔母さんが、エリカ……？」

「どうして、雄平《ゆうへい》兄さんが叔母さんを描いたの……？」

昌平《しょうへい》も美緒《みお》も、目を白黒させている。この呪《のろ》われた絵と言われ続けてきた初鳥の女エリカと、目の前の親戚《しんせき》の叔母がどうしても結びつかないらしい。

なぜ雄平がエリカを描いたのか——それはかつて昌平が本人から聞いていた通りの理由なのだろうが、誰もそれを口にしようとしない——認めたくないのかもしれない。

奈美恵は甥《おい》と姪《めい》の二人を、静かな眼差《まなざ》しで見つめる。

「このことはね……墓場まで持っていこうと思ってたのよ。雄平さんも死んじゃったしね……私と彼の間だけの秘密にしようと思ってた。でも……もう、いいわよね。軽蔑《けいべつ》されてもいい。話すって決めたわ。幸い治樹《はるき》もいないことだし……」

皆が固唾《かたず》を飲んで奈美恵の告白を聞いている。

エリカの正体が若かりし頃の奈美恵だったというのは、映を除いて誰もが未《いま》だに信《しん》じ難《がた》い思いだった。

（いや、ただ一人……一美《かずみ》夫人だけは気づいていた？　一体なぜ……）

それは、一美が奈美恵を嫌っていたように、エリカの話題を嫌がったことと繋《つな》がる。やはり、彼女だけは初鳥の女の正体に気がついていたのだ。

「私はね、十代のときに家出をしたの。この古い家が気に食わなくてね……譲治《じょうじ》兄さんの性格はね、あれは父さんそっくりなのよ。あのままの締めつけの強い人で、しかもやっぱり、妾《めかけ》を何人も囲ってた。小さい頃から、それが嫌で嫌でね……とうとう飛び出して、新宿のクラブで雇ってもらったの。そのときの源氏名《げんじな》が『エリカ』だったのよ」

叔母の過去を聞くのは初めてなのだろう。美緒と昌平は驚愕《きょうがく》している。

「それで……名前が違ってたのね」

「父さんは……お祖父《じい》さんにそっくりだったのか……」

「そうよ。遺伝って怖いわね。私と譲治兄さんは随分歳《とし》が離れていたから、私が九歳のとき、雄平さんは生まれたの。弟みたいに可愛《かわい》がったわ。でも、いつしか……そうね、はっきり気づいたのは、私が家出をしてからね。雄平さんだけは思い切れなくて、滞在先の住所を教えてた。雄平さんはね、そこに時々遊びに来てくれたのよ」

次第に思わぬ方向へ進んでいく話に、甥と姪は顔を見合わせ、息を呑《の》んだ。

「叔母さん……まさか、兄さんと……」

「……二人だけの秘密だったわ」

昌平は大きなショックを受けていた。美緒も蒼白《そうはく》になり黙り込んでいる。

叔母と甥の、禁断の関係。歳の差こそ九歳とさほど大きくはないが、それは家族にとって衝撃的過ぎる暴露だ。奈美恵が夫を失ってからの十年、この屋敷《やしき》で共に住んでいたはずなのに、二人の関係を誰も知らなかった――一人だけを除いて。

「やがて私は、世話になっていたパトロンの芦谷《あしや》と結婚したの。富豪だったけど随分なおじいちゃんよ。でも、芦谷の取りなしでね、絶縁状態だった澤乃内《さわのうち》の実家と仲直りできたの。まあ、それも、芦谷が多額の融資で火の車だった澤乃内の家を助けたからなんだけど」

「それじゃ……、雄平兄さんのことを捨てたんですか、叔母さん」

「違うわ」

奈美恵は語気を強める。

「芦谷は変わり者でね。私は三人目の妻だったんだけど、どうやら最初の妻との間にできた死に別れの娘にそっくりだったらしいの。だから、ただ家族になりたいだけだと言っていたわ。雄平さんとの関係も知っていたし、許してくれていた。……雄平さんと一緒にはなれないことはわかっていたから、私は彼とのことを認めてくれている芦谷と結婚することを選んだの」

誰もが固唾を飲んで聞いている。初鳥が二枚あったのがわかったとき以上の驚きに、誰もが何も言えずにただ棒立ちになっている。

「叔母さん……雄平兄さんと特別な関係だったから、自殺と聞いてあんなに怒ったのね」

美緒がぽつりと呟《つぶや》く。映の推理に真っ向から反対したのが奈美恵で、それを否定したのが昌平だった。

「そんな近しい間柄だった叔母さんでも……兄さんが自《みずか》ら死を選ぶことは、やはりわからなかったんですか？」

昌平のやや批難を込めた問いかけに、奈美恵はしばらく沈黙する。

「雄平さんが自殺だって……私には薄々……心の奥底で、わかってたわ。でも、認めたくなかった」

「わかってた、って……どうして」

「だって、あの毒は……」

奈美恵の太い喉《のど》が引《ひ》き攣《つ》っている。

「あれは……昔、私がお客さんから貰《もら》ったものだったのよ。雄平さんに預けたまま……それをずっと持っていたなんて思わなかった……」

「あ、あの毒は、叔母さんが……!?」

一同がどよめく。警察がどんなに調べてもわからなかった毒の出処までもが、この叔母によるものだったのだ。

奈美恵は遠い目をして、涙を滲《にじ》ませる。

「こんな関係、認められるはずがない。私たちにはわかっていた。だからいっそのこと、二人で死のうか……そんな風に考えたこともあったのよ。そのときに手に入れたものだったの。昔過ぎて……私だって忘れていたわ」

(奈美恵が水商売をしていた頃の話か……? そんな昔の話じゃ、警察もわかるはずがない。しかも、客に貰ったものだったら足もつかない……)

雄平が自殺に用いた毒の出処に、映も驚くばかりだ。

叔母と甥との婚姻は法律的に認められていない。だが本気の恋愛だったからこそ、一時期は死も考えたのだろう。その重い事実に、昌平も美緒も、ただ呆然《ぼうぜん》としている。

あの暗く陰鬱《いんうつ》な印象の雄平の自画像を映は思い返している。彼の表情を覆う暗い影は、死をも考えた奈美恵との関係から生まれたものだったのだろうか。愛する女と添い遂げることも叶《かな》わず、絵で成功することもできず――一時の心中のために手に入れた毒薬をずっと持ち続けていたことが、彼が死への憧憬《どうけい》を捨て切れずにいたことの証明なのではないか。

「でも、結局、毒は飲まなかった。私たちは生きた。生き延びて……そして、治樹が生まれたの。芦谷も、雄平さんとの子と知っていながら籍に入れてくれた。私が二十五、雄平さんは十六の年だった」

「は……はるき、くん、が……？」

昌平はまたもや大きなショックを受けて真っ白な灰になりそうだ。

美緒は動揺のあまり笑っている。

「あは、いやだ……それじゃ、あの子は私たちの甥ってことになるの……？　あ、でも叔母さんが母親なんだから、従弟《いとこ》でもあって……」

これには映と雪也《ゆきや》も顔を見合わせて啞然とした。最も大きな爆弾だ。

なんと芦谷治樹は、奈美恵と雄平の子どもだったのだ。あの屋敷で、最も澤乃内家の血の濃い存在が、治樹だった。

さすがに、誰にもまったく予想できていなかった事実である。家政婦二人も口を開けたまま固まっている。

「夫が亡くなった後、ここへ戻ってきたのも……誰にも明かせないけれど、せめて形だけでも親子でひとつ屋根の下に住みたかったからなの。まあ、雄平さんはずっとアトリエにこもりきりだったけれど……」

「そういうわけがあったのね……。確かに、なぜ叔母さんがここへ戻ってきたのか、あたしにもわからなかったわ」

「そうでしょうね。ただ一人だけ……一美さんだけは気づいていたわね」

奈美恵は皮肉っぽく笑う。

「私がまだこの屋敷にいた頃、譲治兄さんにはすでに外に誰か愛人がいて家にあまり居なかったし、美緒ちゃんも昌平さんも子どもで私とは疎遠だった。まあ、家にいた頃の化粧っけのない小娘と水商売のフルメイクをしたあの絵の私じゃ別人だから、わからないのも無理はないわ。今はこんなになっちゃったしね。……でも、一美さんは違った。当時、私たちの間の特別な空気に勘づいたのは、あの人だけだったのよ」

「ともえさんは……？」

「この人は……私が家を出ていった後に入ってきたんだもの。そうだったわよね」

奈美恵がともえに確認すると、彼女はぼんやりと頷《うなず》いた。

それでは、奈美恵の若い頃を知っていて、雄平との関係にもただ一人気づいていた一美は、すぐにあの絵の女エリカが彼女に似ていると気づいたことだろう。だがそれを口にすれば、美緒や昌平にまで二人の秘密を勘づかせることになる。母親として、それは避けたかったのかもしれない。

「でも、私がここへ戻ってきた意味を知らなかったのは、雄平さんも同じだった」

「え……、兄さんも？」

奈美恵は悲しげな目をして俯《うつむ》く。

この目をいつかも見た、と映は思う。確か、治樹が雄平を批判したときだっただろうか。

「あの人は、治樹を芦谷の子どもだと思い込んでいたの。いくら芦谷との夫婦関係は名前だけだったと言っても、あの人は信じてくれなかった。繊細な人だったから、私が芦谷と結婚したときにはもう、絶望していたんでしょうね。妊娠してから、彼は来なくなった。私は、言葉を尽くしてたくさん説明したつもりだったけれど……雄平さんは、最期《さいご》まで信じなかった」

「叔母さん……」

美緒も昌平もショックで言葉少なだ。

昌平は嫌悪というよりもただ衝撃の大きさを受け止め切れずに呆然としている。そもそも、兄から聞いていた『エリカ』が実は叔母だったのだから、混乱もするだろう。その上に、治樹のことである。

（あ……もしかして）

今の奈美恵の告白を聞いていると、一美が呟いていた「いやらしい男に、いやらしい女」という言葉が、別のものに思えてくる。最初は譲治と亜梨沙《ありさ》のことだと思っていたが、あれはもしかすると、奈美恵のことも指していたのだろうか？

譲治と奈美恵の澤乃内兄妹《きょうだい》――途切れぬ愛人を持つ夫と、息子と恋仲になり、その上未亡人になって戻ってきた煩わしい小姑《こじゅうと》。一美にとっては、二人して彼女を苦しめる憎い存在だったのかもしれない。

「私がよかれと思って治樹を連れて戻ってきたことが……もしかすると、雄平さんをますます追い詰めてしまったのかもしれないわね」

奈美恵は沈んだ声で語る。

「治樹に絵の才能があったことも、私は雄平さんの血だと思って嬉《うれ》しかった。でも、治樹を自分の息子だと思っていなかった彼にとっては、恋敵の息子にも負かされたように思ってしまったかもしれない」

(確かにそれは……あるだろうな……)

先ほどの昌平の話では、雄平は治樹の存在にいたくプライドを傷つけられていた様子だった。しかも、彼を恋人と恋敵の息子だと思っていたならば、その屈辱は倍増する。そのことが、雄平を更に計画的自殺へと駆り立てたのかと思うと、聞いているだけでもやり切れない。

「私は……きっと、雄平さんに幻滅されたんでしょうね。関わらなければよかったと思われたかもしれない。仕方ないけれど……」

「いや……そんなこともないと思いますよ」

ふいに、ずっと黙っていた雪也が口を挟む。皆が驚いてそちらを見た。

「だって、あの初烏、とてもいい絵です。私はとても好きですよ」

「いい絵って……でも、呪いの絵なんかにしたじゃないの」

「まあ、トリックのためとは言え血の涙なんて流させたんですから、屈折してはいたんでしょうけれど……彼の絵をいくつか見ましたが、あの『初鳥』は段違いにいい絵だった。これでも絵画は好きで多くの絵を見てきましたから、そこは信用して下さい」

「私も、彼に賛同します」

映も口を揃《そろ》える。

「今思い出したんですけれどね。『初鳥』って、新年の季語でもあるんですが、そこにはこういう意味もあるんですよ。烏っていつもゴミを漁《あさ》っていたりしてあまりいい印象はありませんが、新年の朝日の光を浴びて鳴く烏は、とても神聖に、清らかに見えると」

何が言いたいのかと、奈美恵は理解が追いつかないようで怪訝《けげん》な顔をしている。

「ええと、つまりですね……奈美恵さんは昔、家出して新宿で水商売をしていた。世間的には後ろ指を指される立場かもしれないけれど、雄平さんは、あなたが清らかな美しい女性であることを知っていた。そう言いたかったんじゃないかと思いますよ」

「そ……それじゃ、タイトルの『初鳥』って……あの黒牡丹《くろぼたん》だけの意味じゃなかったの？」

「そう思いますよ」

映は微笑して頷く。

「おかしいと思っていたんです。どう見てもこの絵は『エリカ』が主役なのに、タイトルは牡丹の名前だなんて。でも、奈美恵さんの過去を聞いて、納得しました。この絵は、雄平さんの、最後の愛の告白なんだと思いますよ」

それを聞いた途端、見る見るうちに奈美恵の目に涙がたまる。

「私は……憎まれていなかったの……？　私の行動も、存在自体も、雄平さんを苦しめ追い詰めるものでしかなかったと思っていたのに……」

「憎しみで、こんな生き生きとした絵は描けません。愛する者を描いたのでなければ……」

奈美恵は激しく震え、とうとうわっと泣き伏した。

「私……私は、なんてことを……」

「叔母さん、どうしたの？」

美緒が慌てて泣き崩れた叔母に駆け寄る。これまで気丈だった奈美恵が、突然泣き出したのはなぜなのか。

「ひどいわ……そうと知っていたら焼かなかった……いずれ秘密がバレてしまうのが怖くて、この絵を焼いたのよ……雄平さんが、私を憎んでいるように思えて……」

（絵を焼いたのは、奈美恵だったのか）

映は驚き、焼かれた初鳥の絵を見つめる。奈美恵は過去の秘密の露見を恐れて、自ら昔の自分の絵をこの世から消そうとしたのだ。

「でも、そうしたらまた呪いが現れて……驚いて死ぬかと思ったわ。でも、それが昌平さんの仕業《しわざ》だったってわかったら……色んな告白を聞いていたら……この子も苦しい秘密を抱えていて、それを打ち明けてくれたんだから、私も、言うべきじゃないかと思ったのよ……」

「叔母さん……」

昌平は泣きそうな顔をして、奈美恵の側に膝《ひざ》をつく。

「大丈夫ですよ、叔母さん……。ほら、幸い、そっくりな絵が無事で横にあります」

「え……？」

奈美恵は泣き濡《なぬ》れた顔を上げて、甥を見つめる。

「この絵を、こちらの絵のように、修復してもらいましょう。違うのは目の辺りだけですし、幸い、焼けた方も目は無事です。きっとこのときのために、この絵は二つあったんですよ、叔母さん。ね、きっとそうですよ……」

＊＊＊

こうして、呪われた絵の騒動は幕を閉じた。

皆の前で衝撃の告白をした奈美恵だが、もしも今後治樹に会ってもこのことは言わないで欲しいと頼んだ。

けれど正直、映には、あの青年は自分の父親が誰だろうがどうとも思っていないような気がする。何にもこだわりがなく、楽しければいいというスタンスらしいので、これからもそうやってのらりくらりと生きていくのだろう――『父』の遺産の続く限り。

見事トリックを解いてみせた映に、兄の遺言とはいえそれを細工していた澤乃内昌平は平謝りだったが、奈美恵の援助もあって倍の料金を支払うということで映もホクホクである。

奈美恵の驚愕の告白により、しばらくこの屋敷の中はぎくしゃくするだろうが、それは映の知ったことではない。

（よかったー……これで実家に戻らなくて済むぜ！）

映は勝利の余韻に浸りながらベッドに横になった。

何だかんだとアトリエの前で時間を過ごしてしまい、気づけば昼を回っていたので皆でブランチを食べたのだが、食前酒が出て少しだけ飲んだらかなり酔っぱらってしまった。

昌平にはぜひ今夜泊まってから帰って下さいと言われたが、運悪く雪也に仕事の都合ができ、番犬だけが一足先に東京に戻ってしまって、広い部屋に一人きりである。

（なんか一人になるの、久しぶりのような気がするなあ……）

あのガタイのいい男がいないとやたら存在感があったために少し寂しいが、たまにはこういうのもいいだろう。

（ほんっと、いっつも側にいるんだもんな……ちょっと逃げても、すぐ追いかけてきて……ピンチのときには、いつでも助けに来てくれて……）

じん、と胸の奥が切なくなる。一瞬、泣き出したいような苦しい気持ちが込み上げる。

——あなたと出会わない人生なんて考えられませんよ。結婚なんて誰ともしない。

——するなら、映さんとしますよ。

未だに鮮やかに蘇《よみがえ》る声に陶然としかけて、慌てて首を振る。

（苦しいのは、いやだ……辛いのも、もうごめんだ）

早く掻《か》き消《け》せ、この気持ちを。

揺らぐな。これまでのことを思い出せ。

あんなことを言っていても、いずれお前は捨てられる。

男に夢中になってすべてを委《ゆだ》ねた瞬間、手の平を返されたのを忘れたのか。

だから、逃げ続けろ。拒め。油断するな。

（でも、雪也は……雪也だけは、違うかも）

そして裏切られて傷つくのは自分自身だ。

男はお前の体に溺《おぼ》れているだけだ。心は重荷なだけ。雪也だってそうだ。

だからお前も体で満足しろ。心を明かすな。欲望を他へ散らせ。縋《すが》りつくな。浮気をして追いかけさせろ。

心の声がわんわんと耳の奥にこだまする。酒の酔いに葛藤《かっとう》が混ざり、胸の悪くなるような感覚に支配される。

視界がぐるぐると回転し、悪夢でも見そうになっていたそのとき。

控えめにドアがノックされるのが聞こえて、映はハッと飛び起きた。

「あ、すみません……お休み中でしたか」

「あ、亜梨沙さん」

思わずベッドから起き上がりこぼしのように立ち上がり、無意識のうちに髪を手ぐしで整える。

どうぞどうぞと椅子《いす》を勧め、自分もその向かい側にテーブルを挟んで座ると、二人きりの部屋に胸の鼓動が響いてしまわないか心配になるほど緊張する。

「明日……帰っちゃうんですってね」

「は、はい……」

亜梨沙は寂しそうだ。

（そういえば……この子と会えるのも、今日が最後なのか……）

そう思うと、映の胸にもひしひしと寂寥《せきりょう》感が込み上げてくる。結局、この不可解な胸の鼓動が何なのかわからなかったけれど、こうして最後に二人で会話できるだけでも嬉しい、と思う。

「夏川さん……あの、実は……お話ししたいことがあって」

「え？　な、何でしょう」

「最後に……私の罪を……告白しても、いいですか……？」

罪——あまりにも、亜梨沙には似合わない言葉のように思えて、映はキョトンとしてしまう。

「私……ずっと罪悪感を感じてきたんです……奥様と旦那《だんな》様のこと……」

「ど、どういうことですか……？」

「きっと奥様は……私と旦那様がベッドでしていることを、あの日見てしまったんです」

ようやく、映は一美が譲治《じょうじ》を殺した晩のことだと思い至る。

「あの夜、気づいたらドアが開いていて……いつもは厳重にカギまでかけていたのに、その日は旦那様が、その、夏川さんや如月《きさらぎ》さんにすごく嫉妬《しっと》していて、強引で……。それで、誰かに見られていたかもしれないということはわかっていたんです」

映はふと、美緒が病院で話していたことを思い出した。

——わかんないわ。でも、きっと何か驚くようなものを見たんだと思う。

（驚くような、って……どういうことだ？　そりゃ、旦那と愛人の営みは衝撃的だろうけど……そんなの、実際見なくたって、ずっと前からわかってたことだろうに……）

「昌平さんも、奈美恵さんも、皆が秘密を告白しているのを見たら、私も言いたくなってしまって……。でも、こんなこと、皆さんの前では、とても言えなくて……」

「それで、俺、に？」

亜梨沙は頬《ほお》を染めて頷く。

「夏川さんに、聞いていただきたかったんです。それに……もう、今日が最後だし……」

「そ、そうだね……最後……」

ふと、映は体調がおかしいことに気がついた。ぼんやりと目が霞《かす》み、水中にいるように聴覚まで曖昧になってくる。

（あれ……、やっぱ、すごい酔ってるな……目が、回る……）

「夏川さん？　大丈夫ですか」

「あ、う、うん……ごめん、なんだか気分が……」

「大変……じゃあ、横になって下さい」

亜梨沙が椅子に座っていた映をヒョイと抱え上げ、ベッドへ移動させる。

（うわっ……今、軽々と持ち上げた……）

見た目はこんなにも華奢《きゃしゃ》でか弱そうなのに、少なくとも映よりは力がありそうだ。きっとあの老人との介護まがいのプレイで、力がついてしまったのだろう。

「夏川さん……苦しそう」

「へ、平気です。すみません、せっかく来てくれたのに……」

「いいんですよ」

ふふっと笑って、亜梨沙は「苦しいでしょ」と映の着物の合わせ目をくつろげる。その冷たい指先が微《かす》かに肌に当たり、さすがにドキリとする。

（ま、まさか……俺、初めて女の子相手にしちゃうの……？　女の子童貞、捧《ささ》げちゃうの……？）

映が勝手に胸を騒がせていると、その思考を読んだかのように、ふいに亜梨沙は今まで見せたことのない、艶《つや》っぽい微笑を浮かべる。

「夏川さん……私が旦那様とどういうことしてたのか、知りたいですか？」

「えっ……、あ……、その」

「いいんですよ。やっぱり、気になりますよね」

映の目にかかった長い前髪を、細い指先がこめかみへと流す。

「旦那様……普段はあんなに偉そうなのに、昔はそうじゃなかったみたいなんですけど、実は責められるのがお好きなんです」

「せ、責め……？」

「はい。お尻《しり》を……ひどくされるのが、すごくお好きで」

（お、お尻⁉）

ということは、亜梨沙がペニスバンドでもつけてガツガツ掘っていたというのか。あのカクシャクとした老人を。

（そりゃ……びっくりするよな。見ちゃったら……）

夫の変態的プレイを目撃して、殺意が止まらなくなってしまったということなのだろうか。まさか、そんな理由だったのだろうか。

「私、おじいちゃんなのにこんなことが好きだなんて、すごいなあって思ってたんです。でも……夏川さんの方がすごかった」

「へ……？　お、俺……？」

亜梨沙の顔が、いつの間にか近くなっている。甘い呼気が鼻先に触れ、脳髄がじんと痺《しび》れるような感覚を覚える。

「すごかった……あんな馬並みなのズボズボ入っちゃって、すっごい気持ちよさそうで……中で射精されてすごく感じてて……」

（み……見られてた……やっぱり見られてたあああ）

しかも、亜梨沙に見られていたなんて。ショックで自殺したくなるが、どういうわけかさっきから全然体が動かない。

「あんなにおっきいの突っ込まれて、あんなに感じまくってる人、初めて見たんです。

すっごくえっちだった……見てるだけで、私まで勃起《ぼっき》しちゃうくらい」

「そ、そんな……勃起だなんて……。え、……勃起？」

手を取られて、するりと亜梨沙の下腹部へと導かれる。すると、そこには、女性にあってはならないものがついていた。しかも、服の上からでもわかる、結構なサイズ感。映は文字通り目が点になり、頭が真っ白になる。

「あ……あ……」

「夏川さん……私のこと、好きだったんでしょ？　すぐにわかっちゃった……目が合う度に顔赤くしちゃって……ベッドじゃあんなにすごいのに、話すだけで恥ずかしそうにしてて、本当に可愛い……可憐《かれん》で、儚《はかな》げで……いつも、今すぐ食べちゃいたいって思ってたんですよ」

可憐で儚げ――それは、奇《く》しくも映が亜梨沙に感じていたものだった。それを亜梨沙も映に感じていたとは、嬉しくない偶然である。

「それに比べて、治樹さんって本当に下品で……その上私の部屋に忍び込んできて犯そうとして……腹が立ったから反対に縛り付けてぶち犯しちゃいました。そしたら翌日は寝込んで、その後出ていっちゃって、おっかしいの」

治樹は、亜梨沙にぶち犯されていた。それであんなに恐ろしく窶《やつ》れていたのだ。女だと信じていた亜梨沙に巨根でオラオラされてしまったとは、どれほどの恐怖を覚えたことだろう。想像するだけで、こっちまで涙が出てくる。まあ、自業自得《じごうじとく》だが。

「あ、あの……亜梨沙、さん」

「え、何ですか？」

「俺の、食前酒……もしかして、何か入れた……？」

「あ、わかりました？」

亜梨沙は悪戯《いたずら》っぽく微笑《ほほえ》んだ。可憐で清らかな——悪魔の微笑み。

「大丈夫……優しくしますよ、夏川さん♥」

（お約束かよ——‼）

そのとき、大きな音を立ててドアが開かれる。

「ふう……虫の知らせも、なかなかいい働きをしますね」

「ゆ……雪也……」

そこには、先に東京へ戻ったはずの雪也がいた。

「途中で、はたと嫌な気配を察知して、引き返してきました。自分でもドンピシャで驚いています」

（ヒッ……）

「……何で戻ってきた？」

映の上にのしかかっていた亜梨沙が身を起こし、その声が急に男らしくなる。いや、そ

うことは元々男だったのか。

「今も言っただろ。虫の知らせだよ、亜梨沙ちゃん——いや、鬼頭猛男《きとうたけお》」

(何だその雄々しい名前は——!!)

心の中でツッコミを入れる。というのも、すでに声すら出せなくなっていたからだ。

「俺のこと、よく調べたな。取引相手まで調べて、偽の仕事電話かけてまで獲物と二人きりになろうとするなんて、やるじゃねえか。さすが、元詐欺師だな」

「……そっちこそ、よく調べてるね」

(怖い！　何、詐欺師って⁉　前科あんの⁉　ヤクザと詐欺師怖い‼)

亜梨沙——鬼頭猛男は、純情可憐な家政婦の仮面を脱ぎ捨て、ふてぶてしい笑みを浮かべている。

「だってさ、あんたたちのセックス見てたら、もう我慢できなくなっちゃって。正直、こんなに興奮したことないよ。何が何でも欲しかった。昔のネットワーク使ってまで調べちゃったよ。俺、完全に足洗ったつもりだったのに」

「……すごい執念だな」

「やばいね、夏川映さん……」

亜梨沙はベッドの上で大の字になったまま動けない映に、うっとりとした眼差しを向ける。

「俺、あんたのこと追っかけて東京まで行っちゃうかも……」

「この家を手伝うんじゃなかったのかよ」

「まあ、一応ここでお世話になったご恩は返すけどね。そのうちに……ふふ」

ほとばしる裏社会の男二人の殺意に、寝転がったままの映は涙ぐむ。

（何なの……何でこんな受難が続くの……）

おかしいとは思っていた。女性相手にこんなときめきを覚えるだなんて。

何のことはない、映の美少年センサーが反応していただけだったのだ。それなのに、頭から入ってくる情報としては女性と見做《みな》していたので、混乱していただけだった。結局、通常運転だったのである。


一時間後。動けない映は雪也に荷物のように運ばれて、東京へ向かうタクシーの中にいた。

次第にナニかの薬の効き目も切れてきて、ようやくまともに口がきけるようになってきたところだ。

「やばかった……マジでびっくりした……」

「結局男でしたね。まあ、そんなこったろうとは思ってましたけど。トラブル体質もいい加減にして下さいよ」

どうもスミマセン、と謝るが、どうにかしたくてもどうにもできないのが体質というものである。

「ていうか雪也、亜梨沙さんの……ええと、鬼頭の情報、いつ調べたんだよ」

「あの屋敷に戻る途中ですよ。仕事で呼び出されたはいいものの、虫の知らせというか、何か違和感があって、念のためにその仕事相手に確認の電話をかけたんです。そしたら、嘘だとわかって……すぐに、今映さんを一人にして得をする人物を推測して調べさせました」

「調べさせたって……誰に？」

「背に腹は代えられないので、龍二《りゅうじ》です。この手口は絶対にこっち方面の過去があると思いましたので。秘《ひそ》かに撮っておいた写真を送ったら、案外早く見当がつきました。白松《しらまつ》の幹部も面識のある結構な腕のプロ詐欺師でしたよ」

「つくづくスゲエな……いや、かなり助かったけど」

「じゃ、お礼にたっぷりサービスして下さいね」

鬼頭猛男は詐欺罪で服役した後、詐欺稼業からは足を洗い、普通にコンビニのバイトなどをして収入を得ていた。しかしやはりそれでは暮らしていけず、服役中に知り合った男の経営しているゲイ向けSMクラブでも働き始める。そこで澤乃内譲治と出会い、見初《みそ》められ、名前を変えて家政婦として連れてこられたという次第だった。

「何つーか……あの屋敷って、ほんと何もない人いなかったよな……」

「そうですね。やっぱり俺は、奈美恵さんがエリカだったということにいちばん驚きましたけどね」

「結局、昌平さんがいちばん善良な人だったんじゃねえの？　あの人はさ、アニキの遺言を無視できなくて、優し過ぎたからあそこまでやっちゃったわけで……」

「でもね、俺はあの昌平さん、優しいだけの人じゃないと思いますよ」

　雪也の思わぬ反論に映は驚く。

「え、じゃあ何か、昌平さんにも裏の顔があるっていうのか？」

「いや、そこまでは言いませんけど……あの人、映さんのことを調べたって言ってたでしょう？　天才日本画家だってわかった、って」

　そう言えばそんなことも言っていた気がする。亜梨沙の件が強烈過ぎて、それ以前のことを若干忘れかけている。

「その若い天才画家が今は探偵をやっている。それなら、雄平さんの『呪われた絵』で、そいつと勝負してやろう。そして、何もわからないまま、帰らせてやろう。鼻を明かしてやろう、兄さんの代わりに――そんな風に思ったんじゃないでしょうか」

「いや、それ……考え過ぎじゃねえの」

「そうでしょうか。でもそれなら、なぜ最後の最後に、あんな風に呪いの絵を見せつけたんです？　わざわざ、俺たちをこの屋敷に泊まらせて。もう少しで帰るっていう直前に」

「それは……わかんねえけど」

「彼は、映さんに何も探偵としての仕事をさせずに、帰すつもりだったんだと思いますよ。敗北感というやつを味わわせてね……兄の描いた絵で、兄の作ったトリックで、彼はあなたに勝負を挑んだ。俺は、そう思います」

　雪也の考えに映は舌を巻く。考えてもみなかったことだ。

「ふうん……まあ、そういう考え方もあるかもしんねえな……」

　ということは、結局その勝負で映は勝利したということになる。別に勝ち負けなどで解決したわけではないし、こっちはこっちでこの依頼をどうにかしないとお先真っ暗だったので必死だった。

「実は、美緒が言っていたんですが、昌平さんにあの呪いの絵をテーマに小説を書いたらどうだと言われたそうです」

「へえ……なるほど。あとがきかどっかのインタビューで、『実はこの絵のモデルは兄が描いた油絵云々《うんぬん》』なんて言えば、一気に雄平さんの名前も広まりそうだもんな」

「確かに彼女は現実にある事件や人物をモデルとして話を作るタイプの作家ですので、兄の死を売り物にするようで躊躇《ちゅうちょ》はしていても、途中まで考えていたそうなんですが……

母親が父親を殺してしまったのを知った後、きっぱりそのアイディアは廃棄したそうです」

「そりゃ……そうだよな。いくら何でもな……」

美緒には色々思うところもあったが、根は優しい母親思いの娘だったような気がする。今回の事件ではそれぞれが深い傷を負ったに違いないが、何とか立ち直っていけるだろう。あのアトリエでの昌平と奈美恵のやり取りを思い出して、そう考える。

「つうか、ホント、散々な依頼だったな……呪われた絵の調査って始まりからしておかしかったけど、フタ開けてみたらもっとぐちゃぐちゃだったし」

「ひとつひとつは単純なのかもしれませんが、混じってよくわからなくなってましたよね」

雪也の言う通りだ。

自殺した兄の遺言によって『呪われた絵』を作り上げ、その名を世間に広めようとした弟。夫と家政婦の秘密の遊戯を見て、積もり積もったものが爆発し、毒殺を決行した妻。そして、過去を暴かれるのを恐れた女の絵の破壊。

何より、依頼の調査中に殺人事件が起きたことは初めてで、それは映にとってかなりの衝撃だった。やはり雪也と出会ってから、関わる依頼がどんどんヘビーになっていく気がする。

「でも何か……これまでのこと吹っ飛んだ。最後のアレが強烈過ぎた……」

「そうなんですか？　映さんはてっきり喜んでいるのかと思いました」

「何でだよ!?」

「だって、結局美少年だったじゃないですか」

「だから！　俺は！　美少年に掘られたいんじゃないの！　俺は……、俺は、タチなんだからな!!」

＊＊＊

これでようやく、すべての謎《なぞ》は解けた。

そう思っていても、まだまだあの澤乃内家には隠されたものがありそうに思えてしまう。それほど、複雑な事件だった。

鎌倉《かまくら》から帰京した数日後の土曜の夕方、夏川探偵事務所。

緊張の時が流れている。壁掛け時計の秒針が刻む音だけが延々と響いている。

報告書を読んだ夏川拓也《たくや》は眉間《みけん》に皺《しわ》を寄せつつ、目の前の弟を見た。

「これで、全部か」

「うん、一応……」

「依頼は無事、解決したんだな」

兄の念押しに、映はこくこくと頷く。

拓也は額を押さえて、深くため息をついた。

「仕方ない……約束だったからな」

「え、それじゃ……」

映の驚きの声にお手上げのポーズをして、ソファの背もたれに寄りかかる。

「お前を一人前の探偵だと認めてやるよ。もう、好きにしなさい」

（や……やったあ……！）

「ただし、俺はこれからも定期的に様子を見に来るからな」

「え、ええー……」

「何で嫌そうな顔をするんだ！」

「だって、アニキ何かうるさそうだし……」

「うるさくしない！　ただ熱い眼差しで愛《いと》しい弟を見つめるだけだ！」

「営業妨害だから帰って下さい」

兄弟のやり取りを黙って見守る雪也は、ちょっとでも映に馴《な》れ馴《な》れしい素振りを見せると拓也が殺気を放ってくるので、今は若干離れて座っている。

「それにしても、思ったよりも大変な依頼だったみたいだな」

「当たり前だよ。呪われた絵のことを調べろだなんて依頼、今まで受けたことねえし……」

「まあ、無事解決できたんだからいいじゃないか……龍一《りゅういち》は、役に立ったのか？」

「ああ、もちろん！　特に画廊の件では雪也がいなかったら俺じゃ贋作《がんさく》捌《さば》いてるなんて気づけなかったと思う。運がよかったのもあるけどさ」

そうか、と拓也はちょっと面白くなさそうである。ちらりと見た友人が何となく得意そうな顔をしているのも気に食わない様子だ。

「探偵か……俺にも何か手伝えることってあるかな」

「ないよ」

「即答か！　もっと考えて！」

「えー、だってさあ……アニキ、張り込みとかできる？　何時間も同じ場所にいるんだよ？」

「そのくらいできるさ。お前の顔を見ていれば何百時間だって過ごせるからな」

「俺の顔見てたら意味ねえんだよ！」

何だか漫才のようになってきて、映はどっと疲れを覚える。

（そうだ……思い出した。俺がアニキ苦手な理由って、いちいち喋《しゃべ》る形容詞がちょっとウザイっていうのもあるけど、こういうやり取りに終わりがないんだった……）

「いつもはどんな依頼を受けているんだ？」

「まあ、浮気調査とか……身辺調査、あと人探しとか」

「ふうん……三池《みいけ》先生も色々と余計なことを教えてくれたんだな……」

「もう、いい加減諦《あきら》めてよ。約束だろ」

わかってるよ、と拓也は肩を竦《すく》める。

「ああ……そういえば、あいつが帰ってくるぞ、映」

「え？　あいつって……」

ふいに、映の中の危機管理センサーが最大レベルの警報を鳴らす。トラブル体質のせいで備わってしまった、危険を察知する勘が今本能にビンビン訴えかけてくる。

「お前は覚えてないかなあ。ほら、あいつだよ。いつだったか、お前の家庭教師やってくれてた、俺の友達」

「あ……」

(ヤバい。これは、ヤバいことになった)

顔色が悪くなりそうになるのを何とか誤魔化《ごまか》そうと、微《かす》かに震える手で雪也の淹《い》れてくれたお茶を飲む。

「久しぶりにアメリカから日本の研究チームに戻ってくるんだってさ。お前も久しぶりだから会ってみたいだろ？　なあ、映」

「……うん、そうだね」

「……映さん？」

様子がおかしいのに気づいた雪也が、映の肩を強く抱く。

その手の熱さに思わず涙が込み上げそうになるのをこらえ、映は下を向いた。

本当に、後から後から、きりがない。


夏川映は、悲しいかな、運の悪さには自信があった。

トラブル体質に無差別フェロモン、そして番犬に毎度浮気現場を発見される、ある意味素晴らしい効率のよさ。

けれどそもそもすべてのアンラッキーの原因はあの男だ。

かつての映の家庭教師——そして、兄の友人。映を開発しフェロモン体質に変えるだけ変えて、アッサリと映を捨てて消えた男。

その男がもうすぐ、帰国する。

〈特別番外編〉

赤の記憶

赤い世界が消える。

気がつくと、目の前に馬鹿《ばか》どもが倒れている。

ピクリとも動かない奴《やつ》、呻《うめ》き声を上げて痙攣《けいれん》してる奴、ヒイヒイ泣きながら後ずさってる奴——どいつもこいつも、馬鹿野郎だ。

遠くでサイレンの音が聞こえる。

顔に返り血を浴びた龍二《りゅうじ》が顎《あご》をしゃくる。

「龍一《りゅういち》、行こうぜ」

血と汗にまみれた汚え顔——きっと俺も同じ顔をしている。

近づいてくるサイレンの音を背中に聞きながら、夜の街を駆け抜ける。火照《ほて》った体に吹きつける冷たい風が心地いい。暴れた後に走っていると、わけもなく喚《わめ》きたくなる。大声で笑いながら、そのままどこまでも走っていきたくなる。

俺のそんな気持ちが伝染したように、いつしか仲間たちは馬鹿みてえな大声で笑っていた。飛び跳ねて叫びながら暗闇《くらやみ》の中を駆けていく俺たちは、傍《はた》から見れば百鬼夜行そのものだろう。

一生、こんな日々が続けばいい。喧嘩《けんか》して、走り回って、酒飲んで、女抱いて、また喧嘩して——。

そうしていたら、俺は何者になれるんだろうか。

そんなことは考えもしない、十代のクソガキだった。

「渋谷の悪魔の双子って呼ばれてたんだよ、俺らはよォ」

「は、はぁ……」

昼過ぎから長々と居座っている龍二を尻目《しりめ》に、俺は本業の仕事をラップトップで黙々と片付けている。

相手をしている映《あきら》さんには気の毒だが、このまま少々我慢してもらう他ない。龍二も一応は組の若頭なのでいつまでもここで油を売っているわけにもいかないだろうし、このまま自宅までついてこられても面倒過ぎるので、この事務所での昔語りで満足してもらえるなら御の字だ。

「今じゃあんなスカした顔してるけどよ、あんときの龍一は俺よりヤバい奴だったぜ。相手がどんなに大人数だろうが強そうだろうが構やしねえんだ。誰よりも早くブチ切れて突っ込んでく。そうなったらもう手がつけられねえ」

「そ、そうなんですか……こ、怖いなぁ……」

「お前の方が早く手ェ出すことだってあっただろ」

申し訳程度に横から口を挟む。あの頃の馬鹿騒ぎを俺だけのせいにされてはたまらない。

「喧嘩が好きだったのは龍二なんですよ、映さん。いつだってわざとそうなるような状況を作ってたのはこいつなんだから」

「はあー？　おいおい、平和ボケして記憶まで落っことしてきちまったのかよ、兄貴ィ。真っ先にキレて暴れまくってたの、アンタじゃん。それで俺ら皆触発されてさ、気づいたときには屍《しかばね》の山なわけ」

「し、屍⁉」

ギョッとする映さんの反応に満足げに笑いながら、龍二は大げさに肩を竦《すく》める。

「おっと、子猫ちゃん怖がらせちまったか？　いや、一応殺しちゃいねえよ、一応な。俺たちはヤンチャはしてたけどその辺はわきまえてたぜ」

「いや……殺しただろ」

ぼそりと呟《つぶや》くと、一瞬シン、と部屋が静まり返る。

「……一人。俺たちのせいでな」

「あー……そうだっけ？」

龍二にはその自覚がないのか、俺が何のことを言っているのかわかっていないのか——腕を組んで首を傾《かし》げている。

そしてすぐに何か面倒な気配を察知して、「おっと、そろそろ行くわ」と立ち上がった。こいつは現れるのも逃げるのも絶妙のタイミングなのが腹立たしい。

血なまぐさい時代、血なまぐさい心――あのときの俺は、一度感情が爆発すると抑えられず、何もかもを薙《な》ぎ倒《たお》して叩《たた》きのめすまで止まらなかった。

目の前に広がる赤。赤。赤。

龍二の言っていたことは一部本当だ。キレると目の前が真っ赤に染まる。そのときの俺に理性はない。仲間たちによれば、俺は至極冷静に立ち回っているらしいのだが、そんな自覚もない。

俺たちの体は凶器だった。それこそ、本気でやってしまえば命をも奪っただろう。けれど、相手が戦意喪失し立ち向かってこなくなれば、俺たちはそれ以上追い詰めなかった。まるで動くものを感知するセンサーでも体内に搭載されているかのように。

ある日、見境なく暴れていたことのツケが、回ってくることになった。

俺たちの家は関東広域系のヤクザ、白松組《しらまつぐみ》として知られていた。敵対する組も多く、その筆頭が黒竹会《くろたけかい》だ。その傘下の組織の末端が子飼いにしている不良を知らないうちにぶちのめしていたらしく、それを耳にした連中が下手なプライドを持ち出して報復に出た。

あの日のことは今でも覚えている。俺たちは今日も今日とて喧嘩に明け暮れ、満たされた体を女の柔らかい肉に埋めるようにしてクラブの一室でサカっていた。

「長谷川《はせがわ》ァ、酒持ってきて」

ことを終えた後、部屋の外に見張り役で立っていた舎弟に声をかける。長谷川は「ハイッ」といつも通り気持ちのいい返事をして、別に走らなくてもいいのに転げるように駆けていく。

「あいつ、マジ忠犬って感じだよな。忠犬ハセ公」

龍二が汗に濡《ぬ》れた女の尻を撫《な》でながら笑う。

「喧嘩も弱っちいしよ、何の悪さもできねえくせに、何で兄貴に懐いてんのかなあ」

「さあな。最初に成り行きで助けたから、恩でも感じてんじゃねぇの」

「俺ら悪魔とか呼ばれてんのにな。それにくっついてこようとするだけで、まあ、意外と根性あるのかもなァ」

長谷川は暇さえあればゲームセンターに通い詰めるようなゲーマーだった。ある日も学校帰りに馴染《なじ》みのゲーセンで遊んでいたとき、タチの悪い連中に因縁をつけられ、路地裏でボコボコにされ金を巻き上げられていたのを、偶然通りがかって気まぐれに助けたのだ。

俺も龍二も、弱い奴に興味はなかった。到底殴り合いなどできなそうな奴相手に凄《すご》んでいるような馬鹿が何よりも嫌いで、見つけ次第ぶちのめした。

長谷川を助けたときも、そうしただけだった。けれどあいつは、必死で逃げ出していった他の奴らとは違って、俺にその場で土下座して「舎弟にして下さい！」などと頼み込んできたのだ。

「俺、母親いなくて。父親も夜遅くになんないと帰ってこないんで、ガキの頃からゲーセンでずっと遊んでたんです」

父親はあまり体が頑丈でなかったためか、昔から誰かを守れるほどの腕っ節の強い男に憧《あこが》れがあったのだという。時々近所のチンピラに暴力を振るわれたこともあり、そんなとき何もできずに殴られているだけの自分が嫌で仕方なかったと。

「俺の近くにいたって、喧嘩が強くなれるわけじゃねえぞ」

見るからにひ弱で地味なそいつを追い払いたくてそう言っても、「はい！　勉強させて下さい！」と見当違いな返事をして、長谷川はどこにでもついてきた。

龍二や他の仲間たちとはまったく毛色の違う存在で、却《かえ》って目立つと文句を言うと、翌日には頭を金髪にし、ピアスを空けてくる始末。まったく似合わないその変身に皆で爆笑したが、本人は照れて嬉《うれ》しそうにしていた。

足手まといだが何だか憎めない奴で、何でも言うことを聞くし飼い主の後を追いかける犬のように必死でついてこようとするので、無意識のうちに情が湧《わ》いていて、側にいることを何とも思わなくなっていた。

そのときの俺はわかっていなかった。俺の側にいるということが、そいつにどんな危険をもたらすのかということを。

「龍一さん！」

長谷川が血相を変えて部屋に飛び込んでくる。

「表になんだか物騒な連中がいたんです」

「物騒な連中……？」

「なんか、ヤクザみたいで……龍一さんたちが出てくるの、待ってるみたいなんです」

俺たちには心当たりがあり過ぎて、誰のことだかわからなかった。実家の関係だとすると直接迎えに来るだろうし、やはり白松と敵対するどこかの組だろうか。

「あれじゃねえの、俺のバックには黒竹がいるんだ、とか喚いてたクズ」

「そいつ潰《つぶ》したからってわざわざ上が出てくるかよ」

「同程度の馬鹿だったら出てくるだろ。メンツがどうとか言ってよ」

組の代紋を背負っているわけでもないガキ同士の喧嘩にしゃしゃり出てくるヤクザだとすると、まともじゃない。俺たちは面倒になって、裏口から逃げた。

だが、そいつらはしつこかった。何日も追い回され、いい加減派手にやってやろうかと思うほど苛立《いらだ》っていたとき、忽然と長谷川が消えた。

「やっぱ本物のヤクザに追いかけ回されて怖くなったんじゃねえの？」

と他の仲間たちは言ったが、俺には到底そうは思えない。嫌な予感がして、あいつを助けたゲーセンに行ってみた。

常連に聞いてみると、やはり長谷川はそこにも姿を現していないという。俺たちのところに来ていないだけじゃない、長谷川はどこからも姿を消していた。

（あいつは、最初に見られてたんだ）

クラブの前で待ち伏せをしていると報告しにきたとき、長谷川は相手に顔を覚えられていたのだろう。もちろん顔も名前も知られているのは双子だが、最も非力な長谷川を拉致《らち》して見せしめにする気なのか。

「近頃のお前らが目に余るから、ここらで痛い目見せてやろうと思ったんだろうよ」

親父《おやじ》は渋い顔をしながらせっせと骨董《こっとう》品の陰干しをしている。

「最近はこの界隈《かいわい》も仁義だなんだと言わなくなってきたからな。筋もろくに通さねえ。気に入らなければガキだろうがカタギだろうが攻撃する輩《やから》なんぞ大勢いる」

「それじゃ、俺らも殴り込んでいいか」

必死で怒りを抑え込んで訊《たず》ねると、親父はじろりと視線だけでこちらを向く。拳《こぶし》を固く握りしめながら、理性を奮い立たせた。

「俺たちは別に奴らのシマを荒らしたわけじゃねえ。それなのに、ただ子分の悪ガキがのされたからって自分らが出てくるような馬鹿どもだ。なら、俺らがそっちに乗り込んだっていいだろ」

「同じ土俵に上がるな」

きっぱりと否定されて、俺は唖然《あぜん》とした。

「そんなことで組同士の問題になったら目も当てられん。やめておけ」

「仲間見捨てろって言うのかよ」

「そのいなくなった奴はお前らが白松の息子だと承知で付き合ってたんだろう？　自分の身も自分で守れねえ奴がそんな場所をうろついてるのがそもそもの間違いだ」

「あいつはただのカタギだ。相手はヤクザだぞ？　どうやって自分守れって言うんだよ！」

「それならお前が守るべきだった」

足下に、真っ暗な穴が空いたような感覚だった。

(俺の、せいなのか)

欲望のままに暴れくるったツケが、これなのか。

「お前はうちの跡取りだ。将来、白松の代紋を背負《しょ》って立つ人間だ。お前が自覚しなくても、お前の顔には白松の文字がデカデカと書いてある。そんなこともわからずに好き放題やって、その挙げ句に仲間を連れ去られたのは明らかにお前の失敗だ」

親父の言葉が深々と胸に突き刺さる。俺の失敗——考えなしに喧嘩に明け暮れた代償。

「今回のことで懲《こ》りたらもう少し大人しくしろ。そんな猿みてえな奴がうちの頭に立ったら、死体が山と積まれるぞ。もちろん、お前のせいだ。お前が周りを顧みず無茶をすればするほど、お前の下の奴らが命を落とす。今いなくなっている奴はせいぜい痛めつけられて返されるだろうが、ガキを卒業したらそうはいかねえぞ、龍二」

だが、親父の予想は外れた。翌日長谷川は、死体になって東京湾で発見された。

俺はその後数日間の記憶が途切れ途切れになっている。ある真夜中に目が覚めたときなど、体が返り血まみれになっていた。どこで何をしてきたのか——朧《おぼろ》げに想像はできても、もう考えたくもなかった。親父にも龍二にも何も言われなかったが、責められもせず問われもせず、黒竹会の下っ端が一人消えたらしいとだけ告げられた。

俺は、この家と縁を切る方法を考え始めていた。守れなかった命——そんなものはひとつきりで十分だ。この先いくつもそんなことがある未来などいらない。

俺は、俺が思うよりも弱かった。俺はこの世界では生きられない生き物だ。そう確信したとき、とるべき行動はもう決まっていたのだ。

「えっと……さっきのお話、マジですか」

映さんのおずおずとした問いかけに、我に返る。

俺は重々しいため息をついてラップトップを閉じた。もう仕事をしている気分じゃない。

「殺したも同然の奴が、一人いたんですよ。あいつを殺したのは他人ですが、俺たちが殺したようなものなんです」

「それって……報復、的な？」

「まあ、そういうことですね」

（もしかすると、もう一人——まあ、そんなゴミみてえなもんはどうでもいいか）

龍二が余計なことをベラベラと喋《しゃべ》っていたせいで、久しぶりにあの頃のことをまざまざと思い出してしまった。

赤い記憶。暴走する衝動。走っても走っても辿《たど》り着《つ》けないゴール。

あのときの俺たちは、一体何を求めていたのだろうか。何になりたかったのだろうか。

「映さん」

「え、なに……」

彼の座っているソファの隣に腰を下ろし、その華奢《きゃしゃ》な体を強く抱き締める。キョトンとしている彼の小さな唇を奪うと、そのまま押し倒して覆《おお》い被《かぶ》さった。

この危なっかしい大切な人を、この先どうやって守っていくべきか。俺としては一歩も部屋から出させない方法がいちばんだと思うのだが、そうすればこの人は脱兎《だっと》の如《ごと》く逃げ去ってしまうだろう。自由を求めて輝かしいものすべてを捨てたような人なのだから。

そんなことは許さない。一生鎖に繋《つな》いで閉じ込めてやる。実際にそれが叶《かな》わなくとも、言葉で、体で、あなたを監禁する。嫌というほど、俺をあなたに刻み込んでやる。

（俺を惚《ほ》れさせたことを、あなたはきっと後悔しますよ、映さん……）

眠ったはずの獣が蘇《よみがえ》る。喰《く》らっても喰らっても腹を空《す》かせて貪《むさぼ》っている獰猛《どうもう》な獣が。過ちはもう繰り返さない。この人だけは誰にもやらない。奪わせない――獣はそう低く唸《うな》り声を上げ、視界を赤く染め上げた。

あとがき

こんにちは。丸木文華《まるきぶんげ》です。最後まで読んで下さりありがとうございます。

おかげ様で「フェロモン探偵」シリーズも三作目です。やはり「何故こんなタイトルになってしまったのだろう……」と考え込んでしまいますが、これは映《あきら》でも解決できない永遠の謎です（十中八九作者案）。これがもしもあと何作か続いてしまったら、私は「代表作は『フェロモン探偵』です」と言わざるを得ない……それはちょっと……などと思ってしまうのですが他の自著タイトルもなかなかな感じなので今更でした。というか続くのは本当にありがたいことです。そのうち映が掘られ過ぎてダウンしたら「ゴクドウ探偵」になりますがよろしくお願いします。

さて今回もタイトル通りフェロモンゆえの受難が続きますが、前二作と比べて何だかとっても探偵っぽいのでは!? と書いていて思ったのですがいかがでしたでしょうか。映たちの調査中に殺人まで起きてしまうのは今作が初めてなので、シリアス成分がちょっと濃かったかな、と思います。その反動か次はコミカルな話にしたい！ という気持ちがあるのですが、多分全然なりません。むしろ重くなりそうな気がします。映も雪也《ゆきや》も頑張らなきゃいけない話になりそうな気がするので、その中にちらちらとコミカルさを醸《かも》していけたらと思います。

そもそも何かと重くなりがちな私の作品の中で、「フェロモン探偵」シリーズは明るいコメディ寄りの探偵ものというコンセプトで始めたので、陰鬱《いんうつ》になり過ぎるのは御法度《ごはっと》な気がします。今作で何やら不吉な気配が流れたりもしますが、この先バッドな展開には決して転ばないと思います！　……思います。

最後に、この本をお手にとってくださった皆様、いつもながら色っぽくてゴージャスな素晴らしい挿絵を描いてくださった相葉《あいば》キョウコ先生、いつもお世話になっております担当のＩ様、本当にありがとうございました！

また近いうちに、どこかでご縁があることを祈っております。

『浮気男初めて嫉妬を覚えました　～フェロモン探偵やっぱり受難の日々～』、いかがでしたか？
丸木文華《まるきぶんげ》先生、イラストの相葉《あいば》キョウコ先生への、みなさまのお便りをお待ちしております。

丸木文華先生のファンレターのあて先
〒112-8001　東京都文京区音羽2-12-21　講談社　文芸第三出版部「丸木文華先生」係
相葉キョウコ先生のファンレターのあて先
〒112-8001　東京都文京区音羽2-12-21　講談社　文芸第三出版部「相葉キョウコ先生」係

N.D.C.913　286p　15cm

丸木文華（まるき・ぶんげ）
6月23日生まれ。B型。
一年に一回は海外旅行に行きたいです。

講談社X文庫

white heart

浮気男初《うわきおとこはじ》めて嫉妬《しっと》を覚《おぼ》えました　~フェロモン探偵《たんてい》やっぱり受難《じゅなん》の日々《ひび》~

丸木文華《まるきぶんげ》

●
2016年10月4日　第1刷発行

定価はカバーに表示してあります。

発行者——鈴木　哲
発行所——株式会社　講談社
東京都文京区音羽2-12-21 〒112-8001
電話　編集 03-5395-3507
販売 03-5395-5817
業務 03-5395-3615
本文印刷—豊国印刷株式会社
製本——株式会社国宝社
カバー印刷—半七写真印刷工業株式会社
本文データ制作—講談社デジタル製作
デザイン—山口　馨

ISBN978-4-06-286924-9

ホワイトハート最新刊

浮気男初めて嫉妬を覚えました

～フェロモン探偵やっぱり受難の日々～

丸木文華　絵／相葉キョウコ

俺をこんなに虜にして、ずるい人だ。血の涙を流すという呪いの絵の謎を解くために、旧家のお屋敷へ赴いた映。調査中に不可解な殺人事件が起き、さらには雪也の元カノまで登場し、事件も恋も波乱の予感!?

恋する救命救急医

～今宵、あなたと隠れ家で～

春原いずみ　絵／緒田涼歌

僕が逃げ出したその迷路に、君はいた──。過労で倒れ、上司の計らいで深夜のカフェ＆バーを訪れた若手救命救急医の宮津晶。穏やかな物腰の謎めいたマスター・藤枝に、甘やかされ次第に溺れていくが……。

幻獣王の心臓

氷川一歩　絵／沖麻実也

おまえの心臓は、俺の身体の中にある。高校生の西園寺颯介の前に、一頭の白銀の虎が現れた。〝彼〟は十年前に颯介に奪われた心臓を取り戻しに来たと言うのだが……。相性最悪の退魔コンビ誕生!

氷の侯爵と偽りの花嫁

水島　忍　絵／八千代ハル

今夜から、君は僕の愛玩人形だ。没落した子爵令嬢ビアンカは、かつての恋人オーウェンと再会する。別人のように冷酷になってしまった彼にそそのかされ、彼のお屋敷でメイドとして働くことになるが……!?

オトコのオキテ

水無月さらら　絵／小山田あみ

俺たち……もう、つき合うしかない。潔癖性でクールな高野とベビーフェイスで大らかな友永。ともに面倒事を嫌う性格から、イケメンなのに本気の恋などしたことがなくて……大人男子の初恋物語!

ホワイトハート来月の予定（10月31日頃発売）

禁忌の花嫁　法官と宿命の皇女……………………貴嶋　啓

夢守りの姫巫女　君の目に映る世界は青色　……………後藤リウ

神戸パルティータ　華族探偵と書生助手　……………野々宮ちさ

※予定の作家、書名は変更になる場合があります。